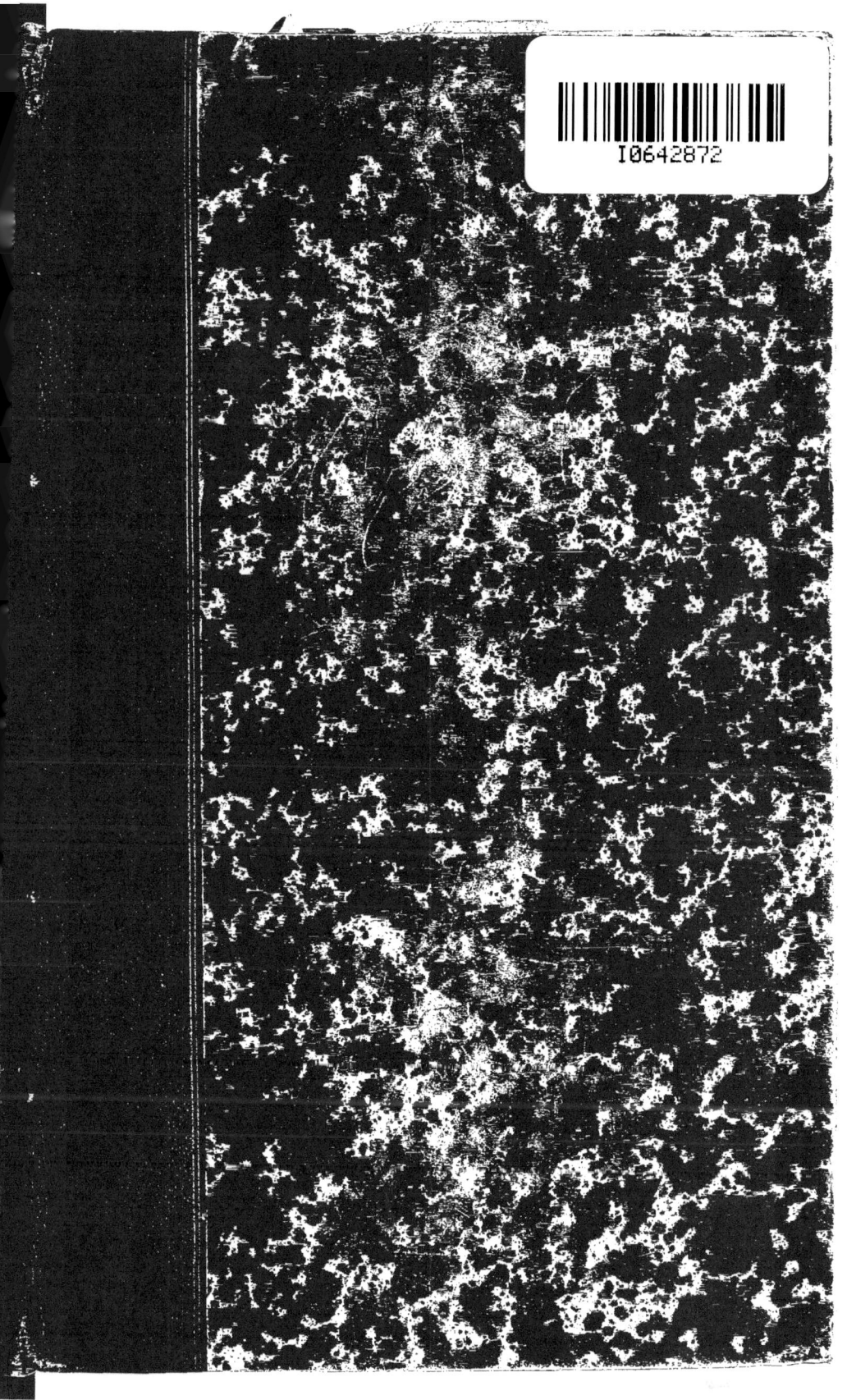

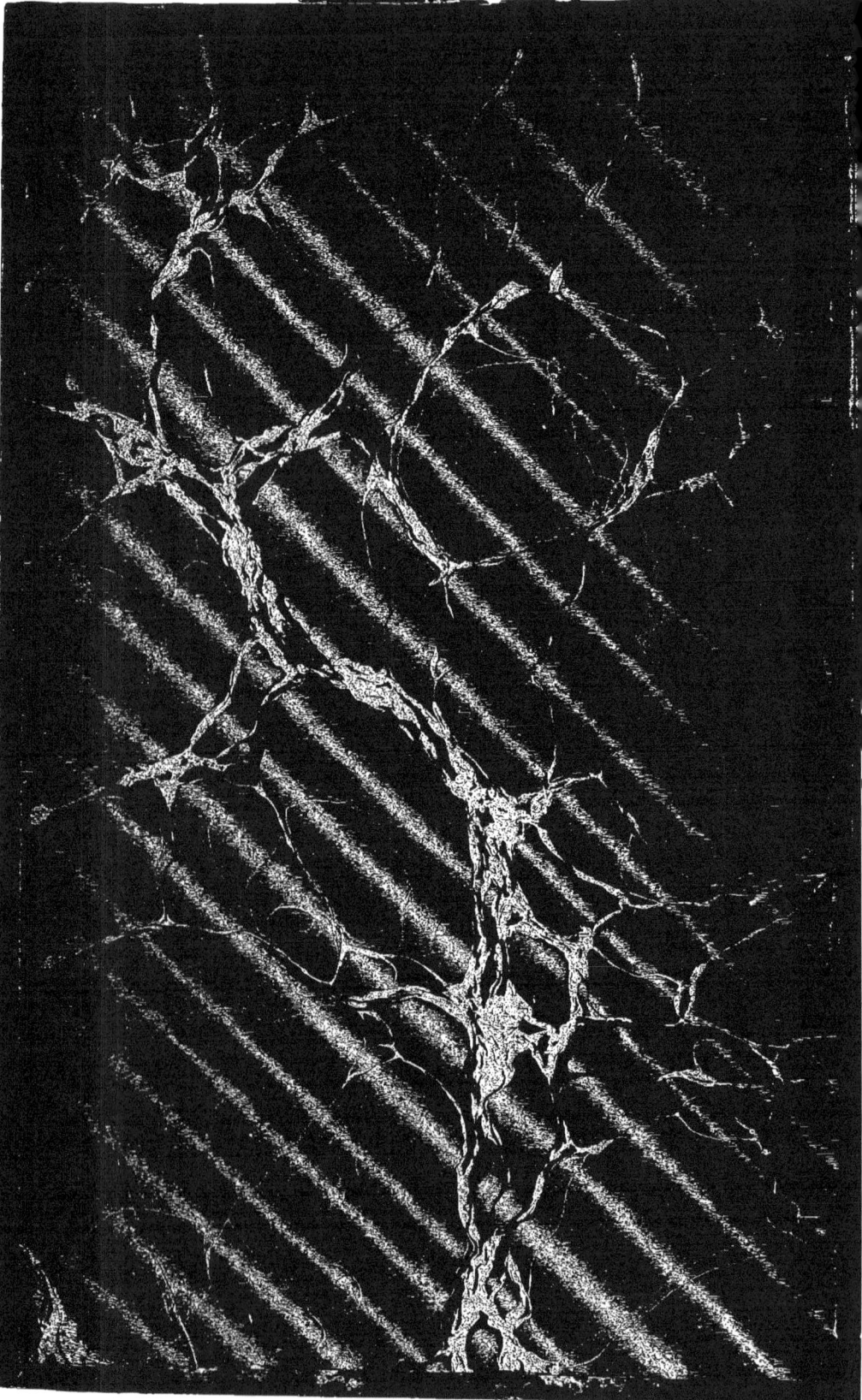

# A. ASSOLLANT

# MONTLUC LE ROUGE

## DEUXIÈME PARTIE

OUVRAGE

Illustré de 44 gravures dessinées sur bois

### Par SAHIB

## PARIS

LIBRAIRIE HACHETTE ET Cie

79, BOULEVARD SAINT-GERMAIN, 79

# MONTLUC LE ROUGE

## DEUXIÈME PARTIE

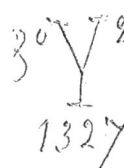

PARIS. — IMPRIMERIE E. MARTINET, RUE MIGNON, 2.

# A. ASSOLLANT

# MONTLUC LE ROUGE

## DEUXIÈME PARTIE

OUVRAGE

Illustré de 44 gravures dessinées sur bois

Par SAHIB

PARIS

LIBRAIRIE HACHETTE ET C<sup>IE</sup>

79, BOULEVARD SAINT-GERMAIN, 79

1879

C'était Buffalo.

# MONTLUC LE ROUGE

## DEUXIÈME PARTIE

### CHAPITRE PREMIER

M. de Montluc est accueilli au Canada par de terribles nouvelles.

Mes lecteurs se souviennent sans doute que moi, curé de Gimel, décidé par les offres séduisantes de MM. de Montluc et de Kildare, je m'étais embarqué à Bayonne en leur compagnie sur le navire du capitaine Gandar, faisant voile pour le Canada. Mon fidèle Beaupoil ainsi que sa femme Marion avaient tenu à me suivre dans la mission aventureuse que j'entreprenais.

La traversée fut heureuse, un peu difficile, un peu lente peut-être, mais sans danger.

Naturellement le mal de mer fut de la partie. Beaupoil le premier se pencha sur le bord comme s'il avait une confidence à faire au perfide élément. Tout à coup il parut saisi d'une émotion profonde, comme si son cœur s'était élevé subitement jusqu'aux étoiles....

Mais pourquoi dire toutes les douleurs de Beaupoil? Tous ceux qui ont voyagé sur mer par un gros temps peuvent les deviner sans peine.

Marion, sa femme, le voyant troublé, abattu et hors de combat, jugea le moment favorable pour lui adresser quelques encouragements, — de ceux qu'une bonne femme ne manque jamais de prodiguer à son mari malheureux.

« Que fais-tu là ? » demanda-t-elle.

Beaupoil fit signe de la main qu'il ne pouvait pas répondre.

« Parle donc ! reprit Marion. Parle donc ! On croirait que tu ne m'entends pas ! Est-ce que tu es sourd ou lourd ? »

Il agita la main avec plus de force.

« Mais qu'as-tu donc à ne pas desserrer les dents ? On croirait que tu as fait un vœu ? »

A ce moment le pauvre Beaupoil, trop irrité, ouvrit la bouche et dit :

« Ah ! si j'ai fait un vœu, Marion, c'est celui de.... »

Malheureusement il n'eut pas le temps d'achever, d'horribles nausées ne lui en laissèrent pas le loisir.

Marion voulut se fâcher, mais elle n'eut pas le temps.

A peine eut-elle prononcé ces mots : « N'as-tu pas de honte de te conduire ainsi devant le monde ?.. » qu'à son tour elle éprouva une émotion toute pareille à celle de son mari, et, se sentant défaillir, elle n'eut que le temps de se pencher sur la mer ; — après quoi, pendant cinq jours elle resta couchée sur le pont, sans donner aucun signe de vie, si ce n'est par des gémissements profonds.

« Ces cinq jours, disait plus tard Beaupoil, qui se remit dès le lendemain, ont été les plus heureux de ma vie. »

Le quarante-cinquième jour de la traversée, un peu après le coucher du soleil, nous aperçûmes à quelques milles la terre d'Amérique et la presqu'île d'Acadie. Deux ou trois feux s'allumèrent de distance en distance sur la côte pour avertir les habitants du pays de notre arrivée.

Nous entrâmes, à ce que je crus voir, dans un canal étroit et assez profond, au bout duquel était un port de médiocre étendue, mais sûr.

« Où sommes-nous? demandai-je à M. de Montluc.

— Chez M. le baron de la Ville-Castin, mari de ma sœur aînée, » répondit-il.

Bientôt les quatre bricks furent amarrés au rivage et la moitié de l'équipage mit pied à terre et suivit Montluc qui, par un chemin creux, nous conduisit à la maison du baron de la Ville-Castin.

C'était un petit fort pourvu de deux canons ; il dominait la mer et le port d'une hauteur de cent cinquante pieds environ. Un parapet à hauteur d'homme, garni d'embrasures et de meurtrières, servait à défendre la maison. Quatre grands chiens de Terre-Neuve, pareils à des lions et qui devaient être de la famille de Phébus, tenaient garnison dans la place et, certes, valaient pour la bataille quatre hommes des plus vaillants.

« Comment ! c'est vous, monsieur de Montluc ! s'écria le factionnaire d'un air de joie et de surprise, en nous apercevant.

— Oui, c'est moi. Comment va M. le baron de la Ville-Castin ?

— Bien ! monsieur le vicomte ! Il va être bien content de vous voir. Et M^me la baronne aussi.

— Et mes neveux ?

— Monsieur, les quatre aînés sont partis pour le Canada. M. le baron voulait les suivre. Il n'a pas pu.

— Et ma sœur ?

— Madame ! Oh ! elle se porte comme un charme. »

Sans en écouter davantage, Montluc, qui marchait le premier, tomba, sur le seuil de la porte, dans les bras d'une dame grande et belle, de quarante-cinq ans ou environ, qui l'appela son frère et qui lui ressemblait, sauf l'âge, comme une goutte d'eau ressemble à une autre.

« Ah ! dit-elle en l'embrassant tendrement, tu sais notre malheur !

— Mon père est mort ! s'écria Montluc.

— J'espère que non ! J'ai reçu de lui un billet que tu verras tout à l'heure.

— Il n'est pas mort ? s'écria Montluc. Eh bien, je réponds de tout !... Et ma mère ?

— Elle est auprès de lui. Quant à Athénaïs et à Lucy, elles ont été enlevées par les Anglais... On ne sait pas ce qu'ils en ont fait. On croit que sir Richard Carroll les a fait embarquer pour l'Angleterre.

— S'il l'a fait, dit Montluc, j'irai lui couper les oreilles, fût-il au milieu de trois cent mille hommes !

— Et je t'aiderai, mon petit ! ajouta Gandar, qui nous avait suivis. Et les Anglais apprendront à leurs dépens ce qu'un Marseillais sait faire quand il donne la main à un Gascon. Je te les mets en marmelade un par un, six par six, avec ou sans sucre, à leur choix, tonnerre de quinze mille bombardes ! »

Comme il faisait ce serment, nous entrâmes dans la maison, et un grand, maigre, sec, long et fier gentilhomme s'avança vers nous en boitant légèrement et en s'appuyant sur sa canne. C'était M. le baron de la Ville-Castin lui-même. Il reçut Montluc et ses hôtes avec le même empressement que la baronne.

« Bonjour, frère, dit-il. Je ne suis pas allé jusqu'au port pour te recevoir. Il m'est arrivé un petit accident, il y a deux mois, dont je ne suis pas encore bien remis.

— Une balle peut-être ? demanda Montluc.

— Non, pas une balle, dit M$^{me}$ de la Ville-Castin, mais trois, dont deux à la jambe droite et la troisième dans l'épaule.

— Bah ! reprit la Ville-Castin, c'est un petit accident. Dans huit jours je ne boiterai plus. Dans quinze jours je serai frais et dispos. En deux mots, voici l'affaire. Les Anglais sont venus, il y a deux mois, au nombre de trois cents. Ils comptaient me surprendre. Ils sont entrés la nuit dans le port, ils ont tué un factionnaire et quatre ou cinq hommes qui se sont bien défendus. Au bruit des coups de fusil, j'ai sonné de la trompe pour appeler au secours nos Abénaquis chrétiens du village voisin. Ils sont arrivés en toute hâte, se sont jetés sur les Anglais et ont tout tué, excepté vingt-cinq prisonniers que j'ai gardés pour moi comme ma part du butin et que j'ai échangés trois jours plus tard contre des prisonniers canadiens. Comme tu vois, frère, tout allait bien ; malheureusement, dans la bagarre j'ai reçu trois balles. Ma femme, qui est aussi habile qu'un chirurgien et qui a la main légère, les a retirées toutes trois, de

sorte qu'au fond ça m'a fait plus de bien que de mal. J'ai été
saigné par les Anglais au lieu de l'être par le chirurgien. Je
commence déjà à monter à cheval et je pourrai prendre ma
revanche sur les Anglais le mois prochain et les saigner à
mon tour. Je vais te dire maintenant ce qui s'est passé en
ton absence, ou du moins ce que nous avons appris, car
nous ne savons pas tout... L'essentiel, c'est que notre père
est vivant.

« Il y a trois mois à peu près, un bruit terrible se répandit dans toute la Nouvelle-France et vint jusqu'à nous, en
Acadie. On assurait que notre père venait d'être surpris et
assassiné par les Iroquois, que le château de la Tour-
Montluc était brûlé, et que notre frère Charlot avait péri...
Dès les premières nouvelles je voulus partir pour le lac Érié,
mais je reçus en même temps de M. de Frontenac, gouverneur du Canada, l'avis que ce malheur n'était que trop
véritable, qu'il ne pouvait pas être réparé, qu'une flotte
anglaise menaçait l'Acadie et qu'il fallait garder mon poste
à tout prix. J'obéis, remettant la vengeance à un autre
temps. Un mois après eut lieu le débarquement des Anglais.
Je reçus trois balles comme tu sais, et je restai couché pendant quinze jours. Vers le même temps, Buffalo arriva... »

— Comment ! interrompit Montluc, le vieux Buffalo est
ici ! Ah ! celui-là du moins doit savoir ce qui s'est passé.
Où est Buffalo ?

— Il est venu, mais il est reparti, laissant ce billet d'une
main que tu reconnaîtras sans doute. » Et il tendit un papier
déchiré que M. de Montluc lut tout haut :

    « Mon cher la Ville-Castin,

» Je ne suis pas mort, comme vous pourriez le croire, et
comme le disent les Anglais. J'ai de graves blessures, voilà

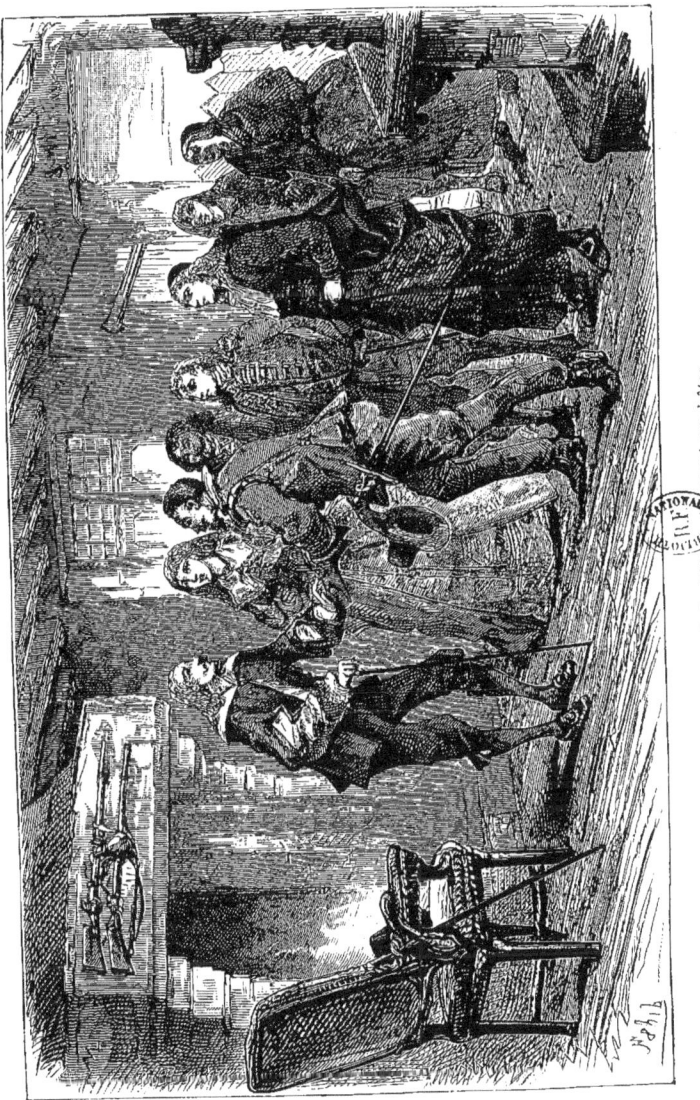

M. le baron de la Ville-Castin reçut ses hôtes.

tout. Ma maison est brûlée. Plusieurs de mes braves Canadiens ont été tués dans l'assaut. Charlot a disparu. Lucy et ma fille Athénaïs sont prisonnières des Anglais. Ma femme, qui n'a pas voulu me quitter, est avec moi dans l'île des Serpents à sonnettes, à trois lieues de la Tour Montluc dont je puis contempler de loin les ruines. Le fruit de quarante ans de travail et de guerre est perdu. Tout est donc à recommencer. Compter sur M. de Frontenac, qui compte lui-même sur M. de Pontchartrain et sur les ministres de Versailles, c'est compter sur le vent qui souffle. Il faut faire nos affaires nous-mêmes.

» Je compte sur vous, mon cher la Ville-Castin, pour réunir tous vos amis et venir à mon secours. En remontant d'un côté le Saint-Laurent et de l'autre la rivière des Ontaonais, que les Anglais appellent Ottawa, parce qu'ils ont la bouche tournée de travers dès le jour de leur naissance, ramassez tout ce que vous trouverez de braves gens. Je l'aurais fait moi-même si je pouvais bouger ; mais comment ? A peine puis-je écrire.

» Les Anglais connaissent peut-être ou soupçonnent le lieu de ma retraite ; mais aucun d'eux, grâce à l'industrie de Buffalo, n'osera venir m'y chercher. En attendant, et pour effrayer les Hurons et les Algonquins, ils répandent partout le bruit que je suis mort. Je laisse dire. Ma résurrection n'en sera que plus éclatante. En attendant, Buffalo est chargé d'avertir tous nos amis, depuis le lac Supérieur jusqu'à l'Acadie, qu'il faudra se tenir prêt avant peu.

» Mon île, sur un espace de dix mille arpents environ, contient plus de cent mille serpents à sonnettes. Je crois, à vrai dire, qu'elle en est la patrie. Vous dire comment Buffalo nous a enseigné l'art de nous préserver de ces dan-

gereuses bêtes et comment il a su lui-même en faire ses
meilleurs amis, c'est impossible. Il y a de la sorcellerie
dans son affaire. Dès qu'il leur parle, les serpents répon-
dent en sifflant, se tordant et dansant autour de lui d'un
air joyeux sans qu'aucun d'eux s'avise de le mordre. Quant
à nous préserver de leur morsure, il a trouvé un moyen
infaillible, une herbe admirable dont l'odeur seule les met
en fuite, de sorte qu'ils s'écartent de nous comme de la
peste. Excepté Charlot, qui est le confident des pensées et
des recettes de Buffalo, personne n'entend rien aux sorcel-
leries du vieil Érié, et il faut avouer qu'il en tire un parti
merveilleux. Pour tout dire, c'est lui qui m'a sauvé la vie.
Vous pouvez donc avoir en lui confiance entière.

» Je compte sur vous, mon cher la Ville-Castin, comme
sur mon fils, et je vous embrasse bien affectueusement
avec ma chère fille et mes petits-enfants.

» Annibal de Montluc. »

— Voilà, ajouta M. de la Ville-Castin en reprenant la
lettre, ce que ton père me mandait il y a deux mois.

— Ah! dit Montluc le Rouge. Et qu'as-tu fait, frère?

— Moi! Rien, dit le vieux gentilhomme en se redressant.
Que pouvais-je faire il y a deux mois, étendu sur mon lit de
douleur?

— Toi, oui; mais tes fils?

— Les quatre aînés sont partis. Deux autres trop jeunes
sont restés au logis par mon ordre. Il ne faut pas que la
maison reste vide. Les Anglais pourraient revenir d'un jour
à l'autre.

— Où sont-ils, tes deux fils?

— A quinze lieues d'ici, l'un à l'Est, l'autre à l'Ouest.

Ils chassent l'ours et le renard, ils pêchent, ils inspectent la côte, ils visitent nos bons Abénaquis chrétiens, ils s'informent de ce qui se passe à New-York et à Boston et des projets que méditent contre nous les Anglais. Enfin ils ne perdent pas leur temps, je te jure. »

Comme on allait servir le repas sur ces entrefaites, Montluc le Rouge s'adressant à M. de la Ville-Castin lui dit :

« Frère, tu ne connais pas mon cher ami monsieur l'abbé Lefranc, ancien curé de Gimel? Il a quitté sa paroisse où il était seigneur et maître, sa cave remplie du meilleur vin que j'aie jamais bu, un presbytère qui valait un palais tant il était chaud en hiver, frais en été, commode en toute saison; il vient chez nous pour évangéliser et convertir les sauvages, pour s'exposer à tous les supplices, à la dent des loups dévorants, à la misère, à la mort. »

Le souper fut abondant, mais peu délicat.

Le premier plat était de la soupe à la morue.

Le second plat était de la morue à l'huile.

Le troisième plat, de la morue au beurre.

Le quatrième plat, de la morue aux petits oignons.

Le cinquième plat, de la morue à la vanille.

Le sixième plat, de la morue au jambon.

Le septième plat, de la morue à la noix muscade.

Le huitième plat, de la morue au citron et à la fleur d'oranger.

(Celui-ci était le plat favori de M$^{me}$ de la Ville-Castin, car les dames sont toujours plus délicates que leurs maris.)

Le neuvième plat, enfin, fut un mélange de morue, d'ail, de beurre, de crème, de petits oignons, de vanille,

de jambon, de noix muscade, de citron et de fleur d'oranger, sur lequel on avait répandu plusieurs fortes pincées
de poivre.

Tel fut le premier service.

A cette vue, je crus que nous étions tombés sur un jour
maigre, un vendredi par exemple, et je me reprochai en
moi-même de ne pas m'en être souvenu plus tôt.

Je m'en informai donc, non sans inquiétude, mais j'eus
le plaisir d'apprendre que nous étions au lundi soir.

« Vous n'aimez pas la morue, monsieur le curé? »
demanda M^{me} de la Ville-Castin avec bonté.

Je répondis modestement :

« Mon Dieu! madame, je l'aime avec mesure et modération, comme il faut aimer toutes choses.

— Oui, oui, reprit la dame en riant, vous ne céderiez
pas votre droit d'aînesse pour un plat de morue, comme
fit Ésaü pour un plat de lentilles... Eh bien, je vais vous
donner autre chose. »

Et elle fit apporter un jambon très-appétissant, dont la
vue seule rendit la joie à tous les assistants.

M. de la Ville-Castin lui-même se mit à rire et dit :

« M. le curé revient de la vieille France, du vieux pays
de là-bas, et vous lui reprochez, après avoir goûté en un
quart d'heure neuf manières diverses d'accommoder la
morue, de repousser son assiette à la dixième!.... Ah!
madame, vous n'êtes pas juste. »

Marion, qui nous avait suivis, et qui modestement,
dans le fond de la salle, assise en face de son mari, se
gorgeait, elle aussi, de morue, s'écria à son tour :

« Non, monsieur le baron, ce n'est pas équitable et
juste : car, d'abord, M. le curé a l'estomac délicat, et les

médecins lui ont défendu de faire maigre : mais le saint homme n'a jamais voulu les croire, il aimerait mieux mourir mille fois que d'y manquer. »

Elle allait continuer mon éloge. J'essayai de m'y opposer et Beaupoil voulut venir à mon aide.

« Tais-toi donc ! dit-il. Tout le monde sait bien que M. l'abbé Lefranc est le meilleur curé qui ait jamais été curé de Gimel. Tout ce que tu pourrais dire n'ajoutera rien à cette vérité et n'en ôtera rien.... »

Puis, étendant la main vers le plat :

« Passe-moi le jambon. »

Mais Marion, irritée de se voir couper la parole :

« Pourquoi faire, le jambon ? La morue est bien bonne pour toi, et même la merluche ! »

Comme Beaupoil allait répliquer avec vigueur, je lui fis signe de se taire, de peur que nos hôtes ne fussent scandalisés par le spectacle de ses querelles conjugales, et, pour couper court, j'expliquai en peu de mots à M. de la Ville-Castin que Marion était une cuisinière hors ligne et qui n'avait pas voulu me quitter parce que son mari voulait me suivre. Je louai ses talents culinaires.

« Si Marion voulait rester avec nous, répondit le baron, elle nous rendrait bien heureux, car, excepté la morue, le jambon et les patates sucrées, qui ne nous manquent en aucune saison, nous n'avons pas de quoi manger. Pour ce qui est de boire, nous avons de l'eau glacée en tout temps et du whisky ou du rhum de la Jamaïque quand nous rencontrons au passage un vaisseau de New-York ou de Boston. Là-dessus, à votre santé, messieurs ! »

Sur ce mot, nous retournâmes à bord, après que Montluc eut embrassé sa sœur et son beau-frère. A cinq heures du

matin, nous sortîmes du port et nous reprîmes la direction
de Québec, où nous arrivâmes huit jours plus tard.

Les Français, peuple spirituel et brave qui ne connaît
rien sur la terre excepté son propre mérite, voyagent rare-
ment, et je dois dire que dans le pays de Gimel, si doux à
l'œil en été, si majestueux en hiver, où quinze cents gouttes
d'eau coulant de seconde en seconde forment une cataracte renommée, je n'avais jamais rien vu d'égal à l'em-
bouchure du fleuve Saint-Laurent depuis la grande île
d'Anticosti qui est à l'entrée, jusqu'à Québec où le fleuve
cesse de se confondre avec la mer et n'a guère plus de deux
lieues de large et de trois cents pieds de profondeur.

Québec lui-même est placé sur un promontoire qui
domine la rivière d'une hauteur presque égale à la profondeur de l'eau. Au pied du promontoire est la ville. Sur le
haut est la citadelle, ou ce que nos bons Canadiens appelaient de ce nom et qui n'était guère qu'une enceinte de
palissades entourée d'un fossé profond. D'un seul côté, la
hauteur s'abaisse en pente douce vers la plaine : c'est ce
qu'on appelle les plaines d'Abraham.

Si jamais, ce qu'à Dieu ne plaise, Québec doit être pris
par les Anglais et enlevé au Roi Très-Chrétien, c'est par
là que l'ennemi donnera l'assaut[1].

Il était environ cinq heures du soir lorsque nous arrivâmes en vue de Québec, et nous fûmes signalés par les
sentinelles françaises et par cinq coups de canon chargés à
poudre, auxquels nous répondîmes avec toute la politesse
dont on a coutume d'user entre flottes et citadelles alliées
ou du même pays.

1. Coïncidence singulière et malheureuse, la prédiction de M. le curé Lefranc
s'est vérifiée un demi-siècle plus tard, en 1759, année de la prise de Québec et de
la perte du Canada.

Nous arrivâmes en vue de Québec.

Au même instant, Montluc le Rouge, qui regardait de loin le rivage avec sa lunette d'approche, poussa un cri de joie : « Buffalo ! Voici Buffalo ! »

M. de Kildare, qui se tenait à côté de lui, regarda à son tour et dit : « C'est peut-être lui. Vous autres Canadiens et Sauvages vous avez des yeux qui perceraient la nuit. Mais moi, je ne vois rien ou presque rien. »

Alors Gandar le Marseillais s'approcha à son tour, se fit montrer Buffalo et demanda : « Est-ce cet objet que je vois descendre comme une flèche du haut de la citadelle ?

— C'est lui, répéta Montluc.

— Ah ! ah ! dit Gandar. C'est noir, rouge ou jaune, je ne sais pas encore, mais c'est long et maigre comme une sauterelle et ça fait des bonds comme un cabri... C'est bien ça, n'est-ce pas ? »

Et comme Montluc faisait signe qu'il avait raison (sans s'inquiéter d'ailleurs de ce qu'il avait dit), Gandar, qui se croyait supérieur à toute la nature, s'écria d'un air dédaigneux : « Eh bien, il n'est pas joli, ton Buffalo. Et sa couleur serait bonne pour une brique, mais non pour un chrétien.

— Ah ! dit Montluc, c'est mon meilleur ami.

— Comme ça, répliqua Gandar, tu me comptes donc pour rien, mille noms d'une pomme ! Enfin, nous allons le voir ton ami couleur de brique et savoir de quel métal il est fait. »

Un quart d'heure après, nous vîmes une barque se détacher du rivage et courir sur nous à toute vitesse, conduite par un seul homme. C'était Buffalo.

« Tu m'attendais, n'est-ce pas ? dit Montluc le Rouge en le recevant dans ses bras.

— J'attendais, répondit le Sauvage.

— Par ordre de mon père ?

— Oui. Le Grand Ours Noir m'a dit : Tu iras chez la Ville-Castin, tu l'avertiras. Tu attendras mon fils à Québec. Tu lui apprendras tout. En descendant le Saint-Laurent tu feras savoir à tous nos amis que je leur donne rendez-vous au 15 juin à l'île des Serpents où je serai. Montluc le Rouge sera revenu. Il prendra le commandement de l'armée. Si j'étais mort en ce temps-là, c'est lui qui donnerait des ordres à ma place.

— Où est ma mère ?

— Avec le Grand Ours Noir. Anglais ont voulu l'emmener prisonnière. Iroquois ont refusé. Ont dit qu'ils n'oseraient jamais porter la main sur la fille des grands chefs Ériés et de Samuel Champlain. Anglais entêtés. Iroquois indignés. Anglais ont parlé fusils. Peaux-Rouges ont parlé flèches. Visages-Pâles ont cédé. Ont eu peur de la vengeance des manitous Ériés et du Grand Manitou supérieur qui gouverne les mondes.

— Et ma sœur ?

— Athénaïs ? Emmenée celle-là dans les bois avec les autres prisonniers. A suivi Visages Pâles. Sans frayeur, est montée à cheval avec eux, faisait tenir l'étrier par les officiers anglais, commandait partout, encourageait Lucy, disait : Père et mère sont en sûreté. Père sera bientôt guéri. Frère va revenir. Mettront tous deux le feu à villes de Boston et de New-York jusqu'à ce qu'on nous rende liberté.

— Ah ! s'écria Montluc, comme elle avait raison de compter sur moi !... Et Lucy ?

— M'a dit : Buffalo, voici bague, petit manitou. Donneras à Montluc le Rouge, diras que je n'aurai jamais d'autre mari que lui.

— Comment as-tu su tout cela ?

— Bien simplement. Ai suivi l'armée anglaise dans les bois pendant cent lieues. Faisais le simple d'esprit, jouais de la flûte, appelais serpents à sonnettes pour les faire rouler autour de moi comme cravate. Étonnais, faisais rire Visages-Pâles. Passais pour fou et sorcier. Étais plus sage que tous. Ai parlé à ta sœur et à Lucy, ai entendu sir Carroll qui menaçait d'envoyer de l'autre côté de la mer, en Angleterre. Un soir, suis parti, ai marché toute la nuit. Factionnaire habit rouge a voulu m'arrêter, lui ai donné coup de tomahawk dans la tête et rejoint ton père le Grand Ours Noir dans sa caverne. »

Je m'approchai pour demander au vieux Buffalo où était située la caverne du Grand Ours Noir ; mais le vieil Érié me répondit gravement : « Dans l'île des Serpents où personne ne peut entrer sans ma permission. » Puis il ajouta, s'adressant à Montluc : « C'est le père de la prière ?

— Oui.

— Tant mieux. Nous avons besoin. Le vieux Père des prières est mort.

— Le Père Fleury ? »

Le sauvage fit signe que oui. Alors Montluc le Rouge me dit : « J'avais raison de vous emmener ! » Et il reprit : « Est-ce qu'il s'est endormi de vieillesse ? »

Buffalo répliqua : « Pas endormi, le Père Fleury. Dormira en paradis devant le Grand Manitou. » Puis, d'une voix éclatante et furieuse, il ajouta : « Non ! non ! pas endormi ! Scalpé ! déchiré pendant cinq jours ! »

A cette terrible nouvelle, que pourtant tout le monde

avait soupçonnée, Montluc étendit le bras vers le ciel et dit : « O Père Fleury, mon vieux maître, mon vieil ami, ô le derniers des saints, vous serez vengé, je le jure !... Quels sont ses meurtriers ? Les Anglais ou les Iroquois ?

— Peaux-Rouges ont scalpé, répondit Buffalo. Visages-Pâles ont laissé faire, disant que c'était prêtre, bon à jeter au feu.

— Mais, est-ce que personne n'a essayé de le défendre ?

— Le Père n'a pas voulu, dit Buffalo. Il a dit qu'il valait mieux sauver les jeunes, ceux qui pouvaient combattre pour la colonie : qu'il était, lui, assez vieux pour mourir. Il a donné sa bénédiction à tous, et il s'est laissé prendre. Vous savez, très-bon Père Fleury, meilleur que tout, mais entêté dans toutes ses volontés. Soupirait matin et soir après martyre et paradis du Grand Manitou. Gens comme celui-là pas communs parmi Visages-Pâles, mais difficiles à tenir.

— Eh bien, dit Montluc le Rouge en s'adressant à moi, c'est vous, monsieur l'abbé, qui allez prendre sa place. Vous serez, s'il plaît à Dieu, l'évêque des Grands Lacs. »

Je m'excusai avec une modestie trop sincère, car comment aurais-je pu me flatter d'égaler ou d'approcher, même de loin, les vertus, les mérites et le courage de ce grand saint de l'Église nouvelle.

J'essayai de répondre.

# CHAPITRE II

### Le martyre du Père Fleury.

Notre vaisseau amiral, comme disait pompeusement notre ami Gandar, ou plutôt notre brick, vint s'amarrer au port de Québec, suivi de trois autres bricks, et nous aperçûmes à quelque distance, descendant lentement et majestueusement le sentier qui va de la citadelle à la ville basse, plusieurs officiers parmi lesquels l'un d'eux, gentilhomme fort âgé, mais de haute mine et de fière apparence, fut salué, dès les premiers mots de Montluc le Rouge, du titre de gouverneur.

C'était en effet M. le comte Armand de Frontenac, lieutenant général des armées de Sa Majesté le Roi Très-

Chrétien, gouverneur de la Nouvelle-France, qui prenait la peine de venir au-devant de nous, malgré l'étiquette. Comme il nous l'avoua franchement le soir même, il était si curieux, si inquiet et si pressé de recevoir des nouvelles de France, qu'il n'avait pas 'cru devoir attendre une minute de plus, et qu'il se précipitait en tête de tout son état-major pour connaître plus tôt les ordres de Sa Majesté.

A la vue de Montluc le Rouge, il parut aussi étonné que charmé. Évidemment il ne l'attendait pas si tôt.

« Monsieur le chevalier, dit-il en lui tendant les bras, nous sommes tous bien heureux de ¡vous revoir ; mais il est arrivé de terribles malheurs à votre famille pendant votre absence.

— Je sais tout, monsieur le gouverneur, répondit laconiquement Montluc le Rouge, oui, je sais tout, et je viens pour venger ce que je n'aurais pas pu réparer. »

Sur ce mot, M. de Frontenac s'inclina d'un air de respect et de déférence et nous invita à le suivre dans son palais.

Pour moi, comme j'allais obéir, le supérieur du couvent des Jésuites de Québec me prit doucement par le bras et me dit : « Monsieur l'abbé, notre maison est la vôtre, et ce serait nous faire un véritable affront que de n'en pas user librement avec nous. Venez donc souper. »

Je consultai des yeux Montluc le Rouge, qui me dit :

« Soupez, soupez à terre, monsieur l'abbé, mais ne couchez qu'à bord, car nous partirons cette nuit.

— Hélas ! s'écria Beaupoil qui me suivait de près avec Marion, car leur présence n'était pas nécessaire à bord où ils avaient pris place, non dans l'équipage mais parmi les passagers, hélas ! ne coucherons-nous plus jamais dans un lit ni sous un toit ! »

C'était M. le comte Armand de Frontenac.

A quoi Marion répliqua que c'était le lot naturel et mérité de tous les propres à rien, qu'il ne devait donc pas se plaindre, mais plutôt se féliciter et remercier le ciel.

« Qui me donne mon purgatoire en cette vie pour me l'épargner dans l'autre, n'est-ce pas, monsieur le curé ? » ajouta Beaupoil, en riant d'un air malin et désignant sa femme d'un coup d'œil.

Mais je détournai la tête pour ne pas prendre parti dans cette querelle-conjugale et je suivis de grand cœur le révérend Père Jésuite, qui m'introduisit à souper dans la sainte Compagnie.

Je ne ferai pas la description du souper, bien qu'il fût très-supérieur à celui de M. le baron de la Ville-Castin. On peut le peindre en trois mots : il était simple, abondant et varié.

Il y avait du jambon, des œufs frais, du saumon frais, un dindonneau gras, des pommes de Montréal, qui sont comme on sait les meilleures et les plus parfumées de l'univers ; du fromage de Hollande et quelques pâtisseries sèches, pétries, salées, sucrées et cuites par les religieuses du couvent de la Rédemption ; c'est à peu près tout, je crois.

Le vin de Bordeaux ne manquait pas non plus, mais on en usa sobrement, comme de raison. En revanche on versa le cidre en abondance, car les premiers colons du pays, étant pour la plupart Normands, avaient tout d'abord planté comme un étendard l'arbre de leur terre natale et pris possession du Canada. De sorte qu'au bout de quelques années on se mit à vendanger à coups de gaule dans toute la Nouvelle-France aussi bien qu'en Normandie.

On peut voir d'ici le souper.

Au bout de cinq minutes je fus reçu comme un frère et

chacun ne pensa plus qu'à me faire des questions sur la France, d'où j'arrivais. On me demanda des nouvelles du Grand Roi, de la Cour, de Versailles, et j'essayai de répondre de mon mieux sur des sujets qui ne m'avaient jamais été bien familiers.

Après ce long interrogatoire, l'un des Pères, le plus jeune, me dit :

« Monsieur l'abbé, vous aurez de la peine à gouverner votre troupeau.

— Sans doute, répondis-je modestement ; mais je m'y attends et je ne serai pas moins surpris.

— Vous savez que l'usage de ces bons Iroquois est de scalper tous ceux de nos frères qui se hasardent à pénétrer dans leur pays.

— Si Dieu l'a voulu, mon révérend Père, je serai scalpé et je lui rendrai grâce d'avoir abrégé mon séjour dans cette vallée de misères.

— Vous allez avec M. de Montluc, dit-il, sur le bord du lac Érié. Il faut vous attendre à de terribles aventures.

— Je m'y attends, et avec l'aide de Notre-Seigneur Jésus-Christ, j'espère les surmonter.

— Vous prendrez la place d'un grand saint, d'un martyr comme on n'en voit plus dans le siècle présent, du Père Fleury enfin.

— Je tâcherai de suivre de loin ses traces.

— Ah ! dit le révérend, ce ne sera pas facile.... Savez-vous comment il est mort ? »

Je témoignai le plus vif désir de l'apprendre.

« Puisque vous êtes venu de France, dit le jeune Père, avec M. de Montluc fils, celui qu'on appelle Montluc le Rouge et qui est l'espoir de nos Canadiens et la terreur des

Anglais et des Iroquois, vous devez savoir en quel état il
laissa les affaires lorsqu'il partit du Canada, descendit par
la rivière des Illinois dans le Mississipi, et de là dans le
golfe du Mexique. A ce moment, après de grands dangers,
grâce surtout au courage, à l'habileté de MM. de Montluc
père et fils et à l'autorité qu'ils exerçaient sur les sauvages
en même temps que le Père Fleury, on croyait la colonie
en sûreté au moins pour quelques mois, et M. de Montluc
le Rouge partit pour l'Europe.

» En son absence, voici ce qui arriva. A force d'argent,
les Anglais de Boston et les Hollandais de la Nouvelle-York
ont fini par corrompre quelques centaines de sauvages, de
ceux sur lesquels M. le baron Annibal de Montluc comp-
tait le plus. Une nuit, comme il avait envoyé la plupart de
ses hommes à la chasse et à la pêche et restait presque seul
à la Tour-Montluc, il fut surpris au milieu de son sommeil
par un corps d'armée de deux ou trois mille Anglais et sauvages qui s'étaient avancés sans être vus sur le lac Érié à
la faveur des îles boisées.

» Vous avez entendu parler du vieux baron Annibal de
Montluc. Au premier coup de fusil, il sauta sur ses armes et
descendit vers le rivage pour jeter à l'eau les assaillants.
Par malheur ils étaient cent contre un ; les cinq ou six
braves gens qui le suivaient furent accablés sous le nombre
et périrent, entre autres le vieux Carréguy, qui depuis cinquante ans ne l'avait jamais quitté dans la bataille.
Lui-même fut frappé de cinq balles et de trois coups de
baïonnette. Un autre en serait mort, mais le vieil Annibal
est d'un ciment où l'épée des hommes ne peut mordre.

» Au bruit des coups de fusil, le Père Fleury voulut
aussi se jeter dans la mêlée. Comme il faisait nuit noire,

l'ennemi même, quoique pourvu de torches, ne distinguait
pas bien tout le champ de bataille, et bien moins encore
les morts et les blessés. Le Père Fleury, sans doute inspiré
de Dieu, eut une de ces idées qui ne peuvent venir que dans
l'âme d'un saint et d'un héros. Il tira à part Buffalo, ce
vieux sauvage que vous avez vu tout à l'heure, et lui dit :
« Mon enfant, je vais attirer sur moi l'ennemi. Toi, enlève
M. de Montluc dans ta barque et transporte-le à l'île des
Serpents à sonnettes. Ne songe qu'à lui, Dieu veillera
sur les autres. » Au même instant il donna tout haut sa
bénédiction à tous, de manière à être bien vu des Anglais
et des sauvages, et feignit de s'enfuir dans un canot abandonné... Jugez comme le saint vieillard, à l'âge de quatre-
vingt-dix ans, pouvait espérer d'échapper à ses ennemis.
Les Anglais et les Iroquois le reconnaissant à sa voix se
jetèrent sur lui, abandonnant M. de Montluc blessé, hors
de combat, hors d'état même de se mouvoir, mais vivant
encore, quoique évanoui, après la perte de son sang.
Buffalo, sans s'étonner ni faire autre chose qu'obéir au
Père Fleury, le transporta dans une cachette qu'il ne veut
révéler, dit-il, qu'après le retour de Montluc le Rouge.

» Quant au père Fleury, les Anglais voulaient le pendre,
parce qu'il avait souvent appris par les femmes des Iroquois
les dangers qui menaçaient la colonie. Les sauvages, pour
la même raison, voulaient le scalper, le déchirer, le découper, le faire rôtir, car ces pauvres gens aiment à tuer à petits
coups, et même quand nous les avons baptisés, nous avons
bien de la peine à leur en faire perdre l'habitude. On
donna donc le choix au Père Fleury. Le bon Père, qui
était le meilleur homme du monde et le plus gai, leur dit :
« Vous me donnez le choix, mes enfants, c'est très-bien.

On donna le choix au Père Fleury.

Mais entre quelles choses me donnez-vous à choisir ? » A quoi sir Robert Carroll, le gouverneur des Anglais de Boston, répondit : « Qu'aimez-vous mieux, mon révérend : être pendu par les Anglais ou scalpé par les Iroquois ? » Le bon Père Fleury se mit à rire et répliqua : « Sir Carroll, je ne puis pas répondre ; mais vous, répondez, je vous prie. Lequel des deux aimeriez-vous mieux si vous étiez à ma place ? Vous me paraissez un homme de bon sens, je m'en rapporte à vous. » Ce qui fit rire les Anglais, et ce qui fit penser aux Iroquois que le Chef de la Prière, comme ils appelaient le Père Fleury, était un bien autre homme que tous les Visages-Pâles et que tous les Peaux-Rouges, puisqu'il n'était ni furieux ni effrayé en face de la mort.

» Enfin les Anglais et sir Carroll lui-même n'osant pas assassiner ce saint vieillard l'abandonnèrent aux pauvres sauvages qui, dans leur aveuglement, ne pensèrent qu'à le martyriser de mille manières. Il fut écorché vif depuis la cheville jusqu'à la ceinture et livré aux piqûres des mouches pendant trois jours.

» On le faisait même boire et manger pour entretenir un dernier reste de vie.

» Pendant la nuit, les pauvres sauvagesses, touchées de sa douceur et de sa patience, venaient lui porter des consolations et lui demander des conseils.

» Lui, toujours lié à son arbre, écorché vif, scalpé, n'attendant et ne désirant plus que la mort, oubliait ses douleurs les plus atroces pour ne songer qu'au salut éternel de ces pauvres âmes ignorantes et aveuglées.

» Il leur disait (c'est l'une d'elles qui nous l'a répété) :

« Mes chère filles, ne sachez pas mauvais gré à vos maris du mal qu'ils ont voulu me faire. Au fond, vous le savez

bien, ils sont plus bêtes que méchants. Ils sont pareils à
Paul l'idolâtre qui jetait des pierres à saint Étienne,
diacre, et qui plus tard se repentit et devint un grand
saint et se fit couper la tête à son tour en l'honneur de
Notre-Seigneur Jésus-Christ. »

» Et comme ces braves femmes s'écriaient, disant qu'elles
ne voudraient plus voir leurs maris après un crime pareil,
après qu'ils auraient assassiné un saint tel que lui, le bon
Père Fleury leur répliquait :

« Mes enfants, mes enfants, ne vous chargez pas de la
vengeance de Dieu et de ses saints. Laissez ce soin à Dieu
lui-même qui sait mieux que nous ce qui vous convient.
S'il lui plaît de me rappeler à lui, c'est une récompense
qu'il me donne. Ne vous opposez pas, au nom du ciel, ne
vous opposez pas à mon bonheur... »

» Il faisait un pause et reprenait :

« Tenez, mes chères filles, voulez-vous que je vous
donne un bon conseil ?... »

» Toutes criaient :

« Nous le voulons ! nous le voulons ! .

— Un conseil sage et utile, un conseil qui vous rendra
service à vous et à vos maris, à vos enfants et aux enfants de
vos enfants ?

— Nous le voulons !

— Eh bien, mes chères filles, au lieu de reprocher ma
mort à vos maris, dites leur que je meurs en les bénissant,
que je leur pardonne et que je ne souhaite rien de plus en
quittant cette vie que de leur préparer les voies pour
l'éternité. »

» Et comme elles tombaient à genoux en pleurant devant
le saint et baisant ses pieds avec ferveur, il leur disait :

« Mes enfants, mes enfants, ne pleurez pas. Songez donc que Dieu, notre père, m'appelle à lui ; et qui pourrait être triste de retourner près de son père ? »

» Puis, par un retour de sa gaieté naturelle, car ce saint prêtre était en même temps le plus joyeux et le plus aimable des hommes :

« J'ai encore un autre conseil à vous offrir, ô mes enfants, un conseil bien nécessaire, mais bien difficile à suivre. Soyez toujours bonnes avec votre mari, ne grognez pas contre lui ; s'il vous frappe, offrez votre douleur à Dieu. S'il vous insulte, pardonnez-lui et tâchez de sourire, de manière que votre visage ressemble à un beau ciel d'où le vent a balayé les nuages. S'il est parti pour la chasse ou pour la pêche, écrasez des patates ou de la farine de manioc et préparez son souper, pour qu'en revenant il trouve son feu allumé, son écuelle pleine, sa femme riante et toujours aimable.

» Par ce moyen, mes chères filles, vous entrerez tôt ou tard dans la vie éternelle et bienheureuse. »

» C'est au milieu de ces exhortations et de ces conseils que le bon P. Fleury, écorché vif, scalpé, percé de mille coups, rendit enfin le dernier soupir, en bénissant ses bourreaux qui lui avaient fait gagner la palme du martyre, si longtemps désirée.

» Vous vouliez savoir les détails de sa mort, ajouta le Père jésuite, les voilà ! »

Le récit de cette mort si glorieuse de l'un des plus héroïques fondateurs de la colonie de la Nouvelle-France m'avait rempli d'admiration.

« Qui suis-je, m'écriai-je presque involontairement, pour succéder à un tel homme ? »

A quoi le supérieur des Jésuites répliqua avec bonté :
« Dieu vous aidera dans votre tâche. C'est une grande perte
que nous avons faite dans le bon Père Fleury ; car, outre
qu'il avait l'âme et le cœur d'un saint et d'un héros, il avait
aussi l'esprit d'un politique..... Dieu sait combien de fois il
a sauvé la colonie d'une coalition d'Anglais, de Hollandais
et de sauvages de toute espèce. On le voyait au risque de
sa vie, dans la saison la plus dure, chez les tribus les plus
barbares, rallier nos amis, diviser ou désarmer nos ennemis, étonner les hommes par son courage, charmer les
femmes et les enfants par sa bonté et sa gaieté, persuader
les chefs les plus opposés à la France..... Lui et M. de
Montluc étaient la tête et le bras de la Nouvelle-France. »

L'Anglais ne bougea pas.

# CHAPITRE III

### Le conseil de guerre.

La conversation dura longtemps encore, car je ne me lassais pas d'entendre les Révérends Pères, tant ils parlaient de Dieu et des hommes, de la terre et du ciel, avec une éloquence naturelle, insinuante et douce ; mais enfin il fallut nous séparer. L'heure du départ approchait, et Montluc le Rouge me fit avertir que l'on allait mettre à la voile.

M. de Frontenac nous accompagna jusqu'au port. Quant à M. de Kildare, il avait, on le verra plus tard, une mission particulière et terriblement dangereuse.

Voici comment j'appris, dès que nous fûmes à bord, ce qui s'était passé.

M. de Frontenac, en qualité de gouverneur général de la Nouvelle-France, pria Montluc le Rouge de lui remettre les dépêches dont Sa Majesté le Roi Louis XIV avait dû le charger pour lui.

« Quelles dépêches ? demanda Montluc..... Il est vrai que le Roi a promis de m'envoyer des ordres à Bayonne et de me charger du commandement d'une petite escadre.....

— Eh bien ?

— Eh bien, le Roi avait compté sans son ministre le sieur de Pontchartrain, et sans son autre ministre, le sieur Chamillart, deux grands ministres et qui font merveilleusement, je vous assure, les affaires de la France et de Sa Majesté. M. de Pontchartrain m'a écrit à Bayonne qu'il ne pouvait pas équiper d'escadre sans argent, et que M. de Chamillart son compère tenait les clefs de la caisse et ne voulait rien lâcher.

— Alors, dit M. de Frontenac, vous vous êtes adressé à M. de Chamillart ?

— Monsieur le gouverneur, répondit Montluc en riant, je n'en ai pas eu la peine. M. de Chamillart m'avait écrit par le même courrier que M. de Pontchartrain. Ce sont deux larrons en foire.

— Mais que disait Chamillart ?

— Beaucoup de choses polies d'abord, ou qu'il croyait polies, car ces messieurs parlent à des gentilshommes comme à des employés de bureau et croient leur faire beaucoup d'honneur. Il disait (ou plutôt il écrivait) qu'il avait appris par les rapports de ses agents que j'étais un bon serviteur de Sa Majesté et qu'il m'en félicitait. Il osait me féliciter comme si mon père et moi nous mettions à tout moment notre fortune et notre vie en danger pour obtenir les compliments d'un ministre qui passe sa vie, assis sur un rond de cuir, à se tailler les ongles et à faire le gracieux devant les dames. »

Ici M. de Frontenac l'interrompit :

« Monsieur de Montluc ! Monsieur de Montluc ! Ce sont les ministres de Sa Majesté ! Vous leur devez le respect et l'obéissance ! »

A quoi le jeune gentilhomme répliqua :

« Les Montluc sont d'aussi ancienne noblesse que les Bourbons ! Mon bisaïeul, le vieux maréchal, a vu fuir devant lui deux Bourbons, dont l'un fut plus tard Henri IV et l'autre était un Condé. Mon père offrit à un autre Condé, celui qu'on appelle le Grand, de croiser le fer avec lui, et pendant trois ans il a tenu tête sur mer, lui seul, avec son brick *l'Ego et Rex*, à deux des plus puissants rois du monde, ceux de France et d'Espagne... Samuel Champlain, le père de ma mère, a donné au roi une nouvelle France qui sera quelque jour dix fois plus grande que l'ancienne.... Mon père, qui depuis quarante ans s'est placé en sentinelle dans le Grand Ouest, à la limite des terres polaires et des mers inconnues, pour défendre la colonie, vient de perdre du même coup, en combattant, sa maison, une partie de sa famille et ses meilleurs amis. Tout couvert de blessures, appesanti par l'âge, il n'attend plus rien que de mon retour; et moi, quand ces Pontchartrain et ces Chamillart, ces je ne sais qui, tout couverts de la poudre du greffe et de l'antichambre, m'écrivent d'un air majestueux et rogue que je suis un bon serviteur, qu'ils daigneront rendre compte de ma conduite à Sa Majesté, et me font espérer un grade et de l'avancement, quand ils m'offrent de l'avancement à moi, le fils du vieil Annibal de Montluc, le petit-fils de Samuel

Champlain et des grands chefs Ériés ! quand ces plumitifs ajoutent qu'ils n'ont point d'argent à m'envoyer, comme si j'eusse demandé l'aumône pour moi-même tandis que je demandais une flotte et une armée pour défendre la colonie et pour donner au roi de France un nouveau royaume dix fois plus vaste que l'ancien, je n'aurais pas le droit d'en dire ce que tout le monde pense, ce que vous pensez vous-même, monsieur le gouverneur !

— Mon ami, reprit M. de Frontenac en souriant, j'ai quarante ans de plus que vous, c'est ce qui explique avec quelle patience j'écoute les paroles et je regarde les actes des ministres et de leurs commis.

— Eh bien, dit Montluc, voyez vous-même et soyez patient si vous pouvez. Pour moi, quand je vois ma famille et mes amis périr, et l'honneur de la France mis en danger, je ne prends plus conseil que de moi-même : ce que mes pères auraient fait pour le salut de la patrie, je le ferai, fût-ce sans ordres !

— Et que tu auras donc raison, mon petit ! ajouta Gandar le Marseillais. Et que tu parles bien ! Et que je te suivrai partout ! Tellement que dans la bataille, quand l'un dira : « Voici Montluc ! » je veux que l'autre lui réplique : « Voilà Gandar ! »

M. le comte Armand de Frontenac, gouverneur général de la Nouvelle-France, n'avait pas jusqu'alors fait grande attention au Marseillais. Il l'avait pris pour un lieutenant de Montluc, et comme il devait partir dans la nuit, il ne s'en était pas inquiété davantage ; mais à ces mots prononcés d'une voix éclatante et fortement accentuée: « Voilà Gandar ! » il le regarda d'un air étonné et qui semblait questionner.

Or Gandar n'était pas de ceux qui se troublent pour si peu. Il lui dit (c'est M. de Kildare qui m'a raconté la conversation en remontant le fleuve Saint-Laurent et qui en riait encore de toutes ses forces) :

« Eh bien, quoi ? Oui, c'est moi, Gandar. Est-ce que vous ne me connaissez pas, monsieur le gouverneur ? Té ! je vous connais bien, moi! Vous êtes des Frontenac de Marseille, n'est-ce pas, de ceux qui avaient un petit château tout près d'Aix ?... Non ?... Ça n'est pas ça ?... Attendez donc ! Ah ! j'y suis... vous êtes de Toulouse... Eh ! je m'en souviens bien, parbleu ! Des fenêtres de votre chambre on peut pêcher à la ligne dans la Garonne. »

M. de Frontenac qui commençait à s'amuser du discours de Gandar fit signe qu'il se trompait encore.

Alors le Marseillais se gratta la tête d'un air pensif et dit :

« Où donc avais-je la cervelle, sarpejeu ! ventrebleu ! J'ai donc perdu la tramontane à cette heure, que je ne me rappelle plus le Frontenac de Nîmes... Une grande maison, celle-là, un peu ruinée par exemple, ah ! oui, un peu ruinée... habit de velours, ventre de son... Mais c'est des braves gens, des gens dont on peut mettre le portrait dans son salon ou dans la salle à manger, après celui de Sa Majesté et même avant... Je ne me trompe pas, cette fois, n'est-ce pas? ou si je me trompe encore, ça n'est pas d'un zeste de citron et ça ne vaut pas la peine de se fâcher pour ça, entre amis!... »

M. de Frontenac fit signe qu'en effet il ne se fâcherait ni pour ça, ni pour un zeste de citron, ni pour beaucoup d'autres choses plus importantes et demanda à M. de Montluc quels étaient ses projets, « car, ajouta-t-il, vous voyez vous-même qu'il me reste à peine assez de soldats et de miliciens pour défendre Québec contre les Anglais qui peuvent venir à toute heure me surpendre.

— Le premier de tous mes projets, dit le jeune homme, c'est de retrouver mon père et ma mère ; le deuxième est de prendre les ordres de mon père et de lever une armée de miliciens volontaires ; le troisième est d'aller à Boston et de reprendre ma sœur et ma fiancée ; le quatrième est de jeter tous les Anglais à la mer.

— Ah ! s'écria Gandar, comme je comprends ça, de jeter les Anglais à la mer. Ça ne peut pas leur faire de mal, d'ailleurs, puisque c'est leur pays natal à ce qu'ils disent et leur contrée naturelle. Pour ça, je t'aiderai, mon petit, comme aussi pour tout le reste..... Mais qu'est-ce que tu veux dire avec ton armée ? Tu veux lever une armée, toi, mon bon ? Et pourquoi faire ?

— Pour prendre Boston, dit Montluc le Rouge, et pour délivrer Lucy et Athénaïs.

— Pour ça seulement ?... Et bien, est-ce que je ne suis pas là, moi Gandar, de Marseille, avec mes neuf cents Basques et Marseillais, répandus sur mes quatre bricks ? Est-ce que tu prends les Basques pour des tortues et les Marseillais pour des paralysés des quatre pattes ?... Est-ce que tu ne sais pas qu'un Basque vaut six hommes ordinaires et qu'un Marseillais, s'il ne se retenait pas (mais il se retient heureusement ! sans ça !...), oui, un Marseillais en vaudrait neuf pendant la semaine et douze le dimanche ?...

— Je le sais, dit Montluc.

— Eh bien, puisque tu le sais, qu'est-ce que tu me chantes avec ton armée que tu veux lever, comme si toi et moi et ceux que nous amenons nous ne faisions pas assez. »

Montluc le regarda et dit :

« Gandar, je compte sur toi et sur tes hommes ; mais tu ne comprends donc pas qu'après que nous aurons pris Boston les Anglais voudront se sauver ?...

— Ça, c'est bien naturel !

— Eh oui, c'est naturel, mais je ne veux pas, moi, qu'ils emmènent en Angleterre leurs prisonniers et surtout leurs prisonnières ; il faut que quelqu'un soit là pour leur fermer la route : moi avec mes Canadiens du côté de la terre ; toi...

Avec mes Marseillais du côté de la mer, ajouta Gandar en éclatant de rire... Compris, mon petit !... J'ai toujours dit que tu avais plus d'esprit à toi seul que le roi, la reine, le dauphin, la dauphine, leurs enfants, leurs neveux, leurs cousins, tous les ministres et tous les grands seigneurs du royaume..., oui, je l'ai dit, reprit-il avec force, et je ne m'en dédis pas, foi de Gandar ! »

Je passe sous silence plusieurs autres belles paroles du Marseillais, pour arriver aux résolutions qui furent prises dans une sorte de conseil de guerre présidé par Montluc le Rouge et auquel assista M. de Frontenac en personne, regrettant beaucoup, comme il le disait, de ne pouvoir nous aider de toutes ses forces ; mais il pouvait à peine se défendre lui-même, cela ne se voyait que trop.

J'étais aussi du conseil avec le vieux Buffalo. J'essayai inutilement de me défendre de cet honneur, alléguant mon inexpérience militaire.

« Ce n'est pas de vos armes temporelles que nous avons besoin, répliqua Montluc en riant, c'est de vos armes spirituelles, mon cher monsieur le curé, et Buffalo qui va vous servir de guide vous en enseignera l'usage et l'emploi. Allez donc hardiment ; vous pouvez rendre à notre cause sainte autant de services que le plus brave soldat.

— Bonne physionomie! monsieur le curé, ajouta Buffalo dans son style sentencieux, meilleur à voir que les autres Visages-Pâles. Parole du Grand Manitou va plus loin que flèche des Iroquois et balle des Anglais. Perce les plus durs esprits. Retourne les cœurs. Père Fleury faisait plus de conquêtes que grand chef Ononthio et n'a jamais tué personne. »

Voyant qu'on attendait beaucoup de moi, je consentis à tout, priant Dieu de m'inspirer.

Voici les résolutions qui furent prises.

Avant tout, il fallait connaître la situation de l'ennemi. Sir Robert Carroll, gouverneur de six provinces de la Nouvelle-Angleterre, avait dû emmener ses prisonnières à Boston, qui était le siége de son gouvernement, et où d'ailleurs il avait une garnison de cinq mille Anglais.

Montluc ne doutait pas qu'il eût traité avec honneur sa sœur Athénaïs et Lucy, d'abord parce que Carroll devait respecter le droit des gens, et ensuite parce qu'il se serait exposé avec les siens à de terribles représailles s'il avait agi autrement. Mais il craignait que, pour mettre son précieux butin en sûreté, il ne l'eût envoyé en Angleterre. A cette pensée Montluc frémissait d'impatience et de colère.

D'un autre côté, comment savoir ce qui se passait à Boston. La ville était bien gardée. Le gouverneur avait les plus fortes raisons de veiller. Se fier aux rapports des sauvages était imprudent, les Peaux-Rouges changeant de parti de jour en jour suivant leur intérêt, et d'ailleurs étant beaucoup mieux payés par les Anglais que par les Français.

Alors M. de Kildare se leva et dit :

« Montluc le Rouge, je vois ce qu'il te faudrait : un

M. de Kildare se leva.

homme qui parlât anglais comme les Anglais eux-mêmes,
qui fît bon marché de sa vie et qui ne craignît pas d'être
pendu.

— C'est cela même, répondit Montluc.

— Eh bien, ce gentilhomme, le voilà !

— Toi !

— Oui, moi ! Car d'abord l'anglais est ma langue
maternelle. Secondement, je ne crains pas d'être pendu si
je suis pris.

— Pourquoi ? demandai-je à mon tour.

— Monsieur le curé, parce que je suis condamné, dans
mon pays et par jugement du parlement, à avoir la tête tranchée sur la grande place de Dublin comme rebelle au prince
d'Orange (celui qu'ils appellent là-bas le roi Guillaume).
Or, vous savez comme moi l'axiome de procédure : *non bis
in idem*. On ne meurt pas deux fois. Si ces coquins veulent
me pendre, je me réclamerai du parlement anglais, qui tient
à ses priviléges et qui ne me laissera pas tuer par un autre
bourreau que le sien. La hache me tient ; la corde ne peut
rien sur moi. Les Anglais, voyez-vous, sont formalistes avant
tout.

— Alors, dit Montluc, tiens-toi prêt ; tu nous quitteras
à Montréal. Mais par quel moyen comptes-tu entrer dans
Boston ?

— Cela, dit M. de Kildare, c'est mon affaire. Que ne
ferais-je pas pour arriver à notre but ? »

Le conseil continua ses délibérations. Montluc résolut
d'envoyer deux messagers, l'un sur la rive droite et l'autre
sur la rive gauche du fleuve Saint-Laurent, pour avertir tous
ses amis Canadiens de son retour et leur donner rendez-
vous à l'île de la Tour-Montluc, dans le lac Érié. On était

au 3 juin. Le rendez-vous était fixé au 21 du même mois, à dix heures du soir. Chaque homme devait avoir son fusil, cinquante cartouches et cinq jours de vivres.

Je demandai avec étonnement si cet appel aux armes amènerait une troupe nombreuse.

« Deux cents hommes, me dit Montluc le Rouge, pas davantage, car je défends qu'il vienne plus d'un volontaire par famille, afin de ne pas dégarnir les villages ; sans cette précaution nous en aurions deux mille ; mais deux cents suffisent. Ce n'est pas une guerre en règle que je veux faire, c'est une surprise que je vais tenter et qui finira peut-être par un assaut. Dans ce cas, un petit nombre suffit. D'ailleurs, vous verrez à l'œuvre ceux que j'attends.

— A propos, dit Gandar, as-tu besoin d'argent pour tes hommes ?

— Je n'ai besoin de rien. Nous autres Canadiens, nous sommes tous de la même famille et nous nous battons les uns pour les autres et pour l'honneur... D'ailleurs, quand nous aurons pris Boston, je ne défends à personne de remplir ses poches. Les Anglais ont tout brûlé chez mon père, j'ai bien le droit d'en faire autant chez eux. »

Voilà quelle fut la deuxième résolution. Quant à la troisième, c'est Gandar qui fut chargé de l'exécuter.

Il devait nous conduire d'abord jusqu'à Montréal. Là, il devait débarquer la moitié de sa troupe, composée de Basques, de Gascons et de Marseillais, avec les vivres et les munitions nécessaires pour notre grande entreprise, déposer une vingtaine de canons qui garnissaient deux de ses bricks dans le fort de Montréal, y mettre les deux bâtiments à l'ancre jusqu'à son retour, redescendre le fleuve, croiser devant Boston et New-York, et, si Carroll tentait d'envoyer ses prisonnières en Angleterre ou d'y passer lui-même, le saisir au passage.

« Et, ajouta Gandar, je te promets que ce sera de l'ouvrage bien fait, mon petit, et que je prendrai ton Anglais de mes deux mains comme un rat avec des pincettes, et, par la même occasion, s'il résiste, je lui fermerai la bouche ; foi de Gandar, je lui ferai voir trente-six chandelles en plein midi. »

Tous ces arrangements étant pris d'un commun accord, on mit à la voile et les Révérends Pères qui m'avaient accompagné jusqu'au port me promirent de prier pour le succès de notre expédition.

Cette précaution n'était pas inutile, comme on le verra plus tard, car nous eûmes de terribles traverses à surmonter et où la protection de la Sainte Vierge n'était que trop nécessaire.

Dès le lendemain matin il nous arriva une petite aventure, qui fort heureusement ne fut pas grave.

A déjeuner, comme nous étions tous réunis et que Gandar se récriait sur l'excellente bouillabaisse que Marion nous avait fabriquée de ses mains, car elle était pour toute la traversée cuisinière du bord, Montluc s'écria tout à coup : « Où est donc Kildare ? »

Personne ne put répondre.

M. de Kildare avait disparu. Par où ? Comment ? Pourquoi ?

Personne ne pouvait le dire.

Gandar surtout était fort inquiet. La veille au soir il était descendu avec l'Irlandais et deux hommes pour demander un pilote à des colons dont on voyait les maisons de bois sur la rive. Ce pilote était nécessaire pour éviter certains rochers ou récifs cachés sous les eaux du Saint-Laurent et que les gens du pays connaissaient seuls.

Le pilote était venu, nous avait fait traverser le passage difficile, avait été remis à terre à deux lieues de là, et personne n'avait remarqué l'absence de M. de Kildare à cause de la nuit qui était profonde.

Gandar s'accusait de ce malheur, car on ne pouvait pas douter que M. de Kildare n'eût péri.

Du propre aveu du Marseillais, ils étaient partis ensemble, Gandar par nécessité, Kildare par curiosité de voyageur; l'Irlandais, armé de sa carabine, s'était écarté de ses compagnons pour chasser dans la grande forêt qui couvrait tout le pays, il s'était égaré sans doute. On l'avait cru de retour à bord, l'heure du retour étant passée.

« S'il s'est perdu hier, dit Montluc, il se retrouvera ce matin; peut-être s'est-il retrouvé déjà et cherche-t-il à remonter le fleuve côte à côte avec nous.

— Eh bien, dit Gandar, puisque c'est moi qui ai fait la faute, car je n'aurais pas dû le quitter d'une semelle, ce garçon, c'est moi qui veux la réparer. Halte-là !

— Que veux-tu faire ? demanda Montluc.

— Je vais jeter l'ancre et descendre avec six de mes hommes et Buffalo. Nous reviendrons dans trois heures, après avoir battu la forêt, sonné de la trompe et tiré des coups de fusil. Si après cela il n'est pas revenu, c'est qu'il ne faut plus l'attendre. Viens avec moi, Buffalo !

— Resteras-tu longtemps ?

— Moi ! dit Gandar, le temps de fouiller buisson par buisson dix lieues carrées de pays, pas davantage. Cela veut dire trois heures d'horloge, té !... Est-ce que tu nous prends pour des paresseux, nous autres Marseillais ?

— Eh bien, va donc, car mon ami O'Brian va peut-être se faire scalper par les sauvages. Il est si distrait !

— . . . . . Je cours, vole et reviens, »

répliqua Gandar qui savait toutes les tragédies de MM. Corneille et Racine.

Et en effet il revint à l'heure marquée et annonça son retour à son de trompe, comme le roi Dagobert.

On l'entendait chanter dans la forêt :

> Le grand roi Dagobert
> Avait un grand sabre de fer.
> Le bon saint Éloi
> Lui dit : ô mon roi,
> Votre Majesté pourrait bien se blesser
> Eh bien, lui dit le roi,
> Qu'on me donne un sabre de bois.

Ce chant héroïque retentissait dans la clairière et me rappela, non sans regret, je l'avoue, le doux et délicieux pays de France que j'avais quitté pour toujours.

Assis sur le bordage du brick et bercé par les eaux vastes et profondes du fleuve Saint-Laurent, je regardais du côté du rivage. Tout à coup, j'aperçus Gandar et ses hommes qui poussaient devant eux un prisonnier de mine austère et grave.

Au premier abord, je le pris pour un avocat, — de ceux qu'on voit dans notre heureux Bas-Limousin et qui parlent cinq heures par jour sans débrider, suivant la belle expression de M. le vicomte de Turenne, le plus silencieux des hommes, à qui ils avaient fait perdre un procès de trois cent mille francs contre les gens de Brive-la-Gaillarde.

Le prisonnier, à le juger par l'apparence, était un homme de cinquante ans environ, de cinq pieds cinq pouces de taille, soigneusement rasé, cravaté de blanc, vêtu de noir, et qui tenait un livre sous son bras.

Quand on l'eut fait monter à bord, Montluc le Rouge le regarda fixement et dit :

« Qui nous amènes-tu là, Gandar?

— Té, mon ami, répliqua le Marseillais, je n'en sais rien, interroge-le toi-même. Il ne parle qu'anglais. Ça doit être un ministre de Boston. Nous l'avons trouvé dans la forêt.

— Et Donald?

— Ah! le grand Kildare? Est-ce que je sais, moi, ce qu'il est devenu. J'ai sonné des fanfares pendant trois heures pour l'appeler. Il n'est pas venu : tant pis pour lui. Au reste, demande-le à cet homme. Peut-être en sait-il plus qu'il n'en veut dire. »

Alors Montluc le Rouge demanda en français à l'inconnu : « Votre nom? »

L'autre le regarda, et répondit : « *I don't understand.* »

— Ah! ah! dit Montluc. Vous ne comprenez pas?... C'est vrai, ça?... *You don't understand?*

— *No!* répondit l'Anglais.

— Alors, mon ami, je vais, pour t'apprendre à parler français, te faire donner cinquante coups de corde. »

L'Anglais ne bougea pas et ne parut pas comprendre.

« A la bonne heure, dit Gandar, voilà qui fait parler les muets. »

On attacha l'Anglais au grand mât.

J'essayai de lui venir en aide, et je dis à M. de Montluc :

« Pour l'amour de Dieu, monsieur, épargnez-le; c'est un chrétien, après tout, ou du moins laissez-moi le temps de le convertir.

— Eh bien, essayez, répliqua Montluc.

Il tenait un livre sous son bras.

— Et nous, ajouta Gandar, partons, car le vent est favorable pour remonter la rivière. D'ailleurs, tu vois bien qu'il n'y a rien à espérer de cet homme. »

Alors eut lieu entre l'Anglais et moi la conversation suivante, où Montluc, également versé dans les deux langues, anglaise et française, servait d'interprète.

Je ressentais, je dois le dire, une certaine sympathie pour ce malheureux qui ne paraissait même pas comprendre le sort auquel il était destiné. Il me semblait même par instants l'avoir vu quelque part ; mais où ? C'est ce que je n'aurais pu deviner.

Je lui dis donc avec douceur :

« Mon frère, qui êtes-vous ? »

Montluc traduisit ma question et la réponse qui fut :

« Je suis John Phillips, de Boston, Massachusetts, ministre de la vraie foi presbytérienne. »

Ces mots, traduits par Montluc, avaient été prononcés avec une fierté fort proche du dédain.

Je repris : « Ne savez-vous pas, mon cher frère, qu'il n'y a de vraie foi que la religion catholique, apostolique et romaine, dont le siége est à Rome et dont le seul chef légitime est notre Saint Père le Pape, vicaire de Jésus-Christ sur terre ? »

Il répliqua vivement qu'il ne connaissait que la religion presbytérienne, et immédiatement il entama un discours qui dura fort longtemps.

J'essayai à mon tour de le convertir et de le confondre par des preuves dont je n'ai pas besoin d'attester la force.

Quand la discussion eut duré quelques heures, me sentant à bout de forces, mais non d'arguments, je dis à M. de Montluc :

« Ce pauvre malheureux mourra dans l'impénitence finale. Mais il faut l'épargner. La grâce de Dieu l'éclairera peut-être.

— Eh bien, répliqua Montluc, nous le déposerons à Montréal, chez les Révérends Pères de la Compagnie de Jésus, qui le garderont jusqu'à la fin de la guerre ou jusqu'à ce qu'il soit converti à la vraie foi. »

Alors Gandar éclata de rire.

« Té! dit-il. L'affaire est bien bonne. »

Il tira son coutelas et coupa les liens qui retenaient l'Anglais :

« Vous ne reconnaissez donc pas M. Donald O'Brian, comte de Kildare?

— N'est-ce pas, ajouta l'Irlandais, que j'ai bien joué mon rôle?

— Qu'est-ce que tu as donc fait depuis hier au soir? lui dit Montluc en l'embrassant.

— Té! répondit pour lui le Marseillais, c'est une farce de mon invention, à moi Gandar. Ce garçon va se jeter sans armes comme un agneau dans le pays des loups. J'ai voulu voir comment il saurait s'en tirer. Alors, hier au soir, je l'ai rasé, je l'ai coiffé moi-même, je l'ai habillé d'un vieil habit de ministre protestant que j'avais dans mon butin, et je lui ai donné rendez-vous à deux lieues plus haut sur le bord du fleuve, là où nous l'avons trouvé et fait prisonnier ce matin, comme c'était convenu d'avance.

— Pourquoi ce déguisement? demanda Montluc.

— Parce qu'il fallait savoir, répliqua Kildare, si j'étais vraiment assez déguisé pour n'être pas reconnu des gens de Boston comme officier de Sa Majesté le Roi Très-Chrétien. Je le suis, puisque j'ai réussi à tromper mes meilleurs amis. Maintenant je suis prêt à partir. »

Puis, s'adressant à moi :

« Vous me pardonnez, n'est-ce pas, monsieur le curé, cette innocente plaisanterie ?

— Je vous la pardonne, mon fils, et je suis heureux de voir rentrer dans le sein du Seigneur une âme chrétienne. Je vous pardonne. Bien plus, je vous bénis ! »

Alors M. de Kildare se hâta de quitter son déguisement et reparut bientôt le jeune et brillant gentilhomme qu'il était.

C'est faux, a dit le général anglais.

# CHAPITRE IV

Buffalo et les serpents à sonnettes.

Trois jours après, comme nous arrivions à Montréal, M. de Kildare disparut de nouveau, mais après avoir pris congé de nous et reçu les instructions de Montluc le Rouge.

Le lendemain, le bruit se répandit dans la ville qu'un ministre presbytérien anglais, fait prisonnier par Gandar, s'était échappé pendant la nuit et avait pris la route de Boston.

Montluc le Rouge en témoigna beaucoup de chagrin et d'inquiétude. Tout cela n'était qu'une ruse pour tromper les sauvages Iroquois qui ne devaient pas manquer d'avertir les Anglais de cette fuite et pour ménager un bon accueil

à M. de Kildare chez les habitants de la Nouvelle-Angleterre.

Le soir même nous prîmes congé de Gandar, qui nous
embrassa tous, en promettant, suivant son habitude, de
faire des merveilles.

« Avec mes deux bricks, dit-il, je vais bloquer Boston et
New-York. Le premier Anglais qui voudra sortir, je le pince.
Le deuxième je l'étouffe, et le troisième je l'écrase.....
Toi, Montluc mon petit, ramène à moi le gibier, et je te
promets, moi, de le prendre comme un lièvre au collet. Ah !
ils sauront ce que c'est que l'ami Gandar, foi de Marseillais ! »

Sur cette promesse il partit avec deux bricks, laissant les
deux autres avec les équipages à Montluc, qui prit la route
de terre pour aller plus vite et donna ses deux bâtiments
avec leurs canons au commandant de Montréal qui ne fut
pas fâché d'un tel dépôt. En effet la ville, quoique la
seconde du Canada, n'avait pour sa défense que cent vingt
soldats et miliciens armés de fusils, mais sans artillerie
et presque sans poudre.

De Montréal nous arrivâmes, par voie de terre, jusqu'au
fort de Catarocouy qui fermait l'entrée du lac Ontario ;
nous suivîmes le bord du lac sur la rive gauche jusqu'à la
rivière Niagara.

Chemin faisant, Montluc et ses Canadiens (car quelques-
uns nous avaient déjà rejoints en armes sur la route) firent
une dizaine de prisonniers, parmi lesquels trois sauvages
Iroquois de la tribu des Onnontagnés.

L'un d'eux, se croyant destiné à périr, commença son
chant de mort. Il rappela les exploits de ses ancêtres (c'est
Buffalo qui m'expliquait tout) :

« Je suis *la Flèche-qui-vole* et j'ai scalpé l'an dernier trois guerriers Algonquins. Mon père était *le Lourd Tomahawk* et il écrasa en son temps la cervelle de beaucoup de guerriers... »

Là.dessus, j'essayai, toujours par l'intermédiaire du vieux Buffalo, de l'exhorter à ouvrir les yeux à la vérité, à se convertir, à se faire baptiser.....

Le sauvage me répondit quelques mots que Buffalo traduisit ainsi : « *La Flèche-qui-vole* demande s'il serait attaché au poteau dans le cas où il recevrait le baptême. »

Je me hâtai de demander sa grâce à M. de Montluc, qui me répondit en riant :

« Vous pouvez d'autant mieux, monsieur le curé, lui promettre sa grâce que je n'ai jamais eu envie de lui faire le moindre mal. Au contraire, car j'ai besoin de lui. »

Je répondis alors au pauvre sauvage qu'il était libre, à condition de se faire chrétien. Il y consentit sur-le-champ et demanda le baptême en me baisant les mains, ce qui me permit de faire deux bonnes actions à la fois.

« Eh bien, monsieur le curé, dit Montluc. Voyons, n'êtes-vous pas content de votre état ? Par votre éloquence vous convertissez les sauvages comme saint Paul convertissait les Gentils. Par votre bonté généreuse vous leur sauvez la vie. Ils vous doivent tout ensemble le salut de l'âme et le salut du corps. Vous avouerez que cela vaut bien le presbytère de Gimel ? »

Comme j'allais répondre, Marion me coupa la parole et dit : « Monsieur le vicomte, il est vrai que M. le curé est un saint homme. Il est vrai qu'il a voulu venir chez ces sauvages païens qui n'ont même pas de chemise. Il est vrai qu'il s'est exposé au martyre de saint Sébastien qui fut percé de flèches, et que par ce moyen il ira tout droit en paradis. Mais, monsieur, qu'est-ce qui le pressait d'y aller ? On sait bien qu'il faut finir par là ; mais ne pouvait-il pas attendre un peu ? Tenez, je ne comprends rien à la cuisine de ce pays. Voici trois mois sonnés que je n'ai pas vu.....

— Ne vois-tu pas que tu ennuies ces messieurs, » interrompit Beaupoil.

Mais Marion, ne se troublant pas pour si peu, lui dit sévèrement :

« Tais-toi aussi, ivrogne ! »

Il voulut répliquer :

« Mais..... »

Elle répéta l'injure. Lui alors :

« Tais-toi, bavarde !

— Ivrogne ! mange-tout ! »

Cette fois je crois qu'il serait sorti des bornes de la modération aux grands éclats de rire de Montluc, si je n'avais imposé silence aux deux époux, suivant mon habitude.

Un instant après, nous continuâmes notre marche. Notre troupe grossissait tous les jours, car les volontaires Canadiens, au bruit de l'arrivée de Montluc, venaient le rejoindre, ne doutant pas qu'il ne dût les mener à la victoire.

Un jour, c'était le lendemain de celui où j'avais baptisé le jeune Iroquois et ses deux compagnons, Montluc le Rouge fit faire halte à sa troupe et chargea *la Flèche-qui-vole*, qu'il avait retenu jusque-là, d'un message pour les sachems de la tribu des Onnontagnés. Les deux autres furent envoyés dans les deux tribus des Agniers et des Mohawks, les plus puissantes de la nation Iroquoise après celle des Onnontagnés. Leur mission était secrète. Ils avaient ordre d'inviter

les sachems à se réunir tous ensemble dans la nuit du 21 juin
à l'île de la Tour-Montluc, où lui, Montluc le Rouge, le fils
du Grand Ours Noir, le petit-fils de Samuel Champlain,
appelait tous les chefs des tribus Huronnes et Algonquines
qui habitaient sur le bord des Grands Lacs. Il avait une
proposition à faire qui serait également utile à toutes les
nations sauvages et aux Français.

Il ajoutait, car je vis la lettre :

« Frères Peaux-Rouges, nous avons fait, vous et moi, une
grande perte quand, par le crime des Anglais et de quelques
malheureux Peaux-Rouges, leurs complices, nous avons
perdu le vénérable Père Fleury, celui qui, depuis soixante
ans, n'avait fait que du bien et donné de bons conseils à vous
et à nous. Cet homme de bien, qui ne voulait que la paix et
le bonheur de tous ses enfants Français et Sauvages, est
retourné dans le sein de l'Éternel ; mais, avant de mourir, il
a choisi son successeur parmi les plus vertueux et les plus
savants des Visages-Pâles, et il lui a transmis tous les pouvoirs qu'il avait reçus lui-même du Grand Manitou. C'est ce
successeur que je vous amène, et qui appellera, Frères
Iroquois, sur vous et sur nous la bénédiction de Dieu. Dans
cette nuit du 21 juin pour laquelle je vous convoque tous, le
Père Fleury lui-même vous fera voir par un signe qu'il a
transmis tous ses pouvoirs et toutes ses vertus à son successeur.

» MONTLUC LE ROUGE. »

C'est en frémissant que je lus la fin de cette lettre. De
quel signe M. de Montluc voulait-il parler? N'était-ce pas
une impiété que de parler au nom du Père Fleury?

Je fis part de mes scrupules à M. de Montluc ; mais il me
rassura tout d'abord en disant :

« Vous verrez le miracle vous-même et vous le ferez sans
savoir comment. C'est Buffalo qui se charge de tout. Pourvu
que vous ne fassiez rien que votre conscience puisse se
reprocher ou qui compromette votre caractère, que vous
n'ayez que des prières à faire ou des bénédictions à donner,
le reste doit vous importer peu. Ne voyez-vous pas que la
colonie est dans un danger terrible ; que depuis que mon
père qui la défendait presque seul est blessé, hors d'état de
se mouvoir, presque tous les sauvages nous abandonnent ou
se tournent contre nous ? Ne comprenez-vous pas qu'il faut
frapper leurs esprits par quelque action extraordinaire ? Je ne
vous demande que de prier, de bénir et de suivre Buffalo
partout. Ce vieux-là et moi nous nous chargeons du reste. »

Visiblement, je ne pouvais pas refuser mon concours. Au
contraire, je fus bientôt plus ardent que personne pour le
succès de l'entreprise et plus curieux en même temps de
connaître le rôle qu'on m'y réservait.

Mais je ne devais l'apprendre qu'au dernier moment.

Cependant nous avions déjà dépassé la fameuse chute du
Niagara, la plus belle de l'univers, et nous naviguions depuis
trois jours sur le lac Érié, lorsqu'un sauvage Algonquin, qui
pêchait au bord d'une petite île avec sa famille, vint à nous
en faisant force de voiles dans son canot. Il avait reconnu
Montluc, qui le reconnut aussi et le serra dans ses bras.

J'appris alors que c'était le fameux Pied-de-Cerf dont
M. de Kildare m'avait parlé à Gimel, et l'un des meilleurs
amis de Montluc le Rouge.

Comme il parlait français autant qu'algonquin, Montluc
l'interrogea dans notre langue.

« Que fais-tu là, Pied-de-Cerf?

— Je pêchais pour nourrir mes enfants et je t'attendais, dit le sauvage.

— Tu savais mon retour?

— Nous le savons tous. Les Hurons et les Algonquins ont allumé des feux de joie et sont prêts à te rejoindre.

— Et les Iroquois?

— Ils n'ont rien dit. Ils délibèrent.

— Et les Anglais?

— On ne leur a rien dit, reprit l'Algonquin en étendant la main sur le lac. Ils sont là-bas vers l'Ouest. On veut les surprendre.

— Dans mon île de la Tour-Montluc?

— Oui, dans celle-là et dans plusieurs autres autour de l'île des Serpents à sonnettes.

— Celle où mon père s'est réfugié?

— Celle-là même.

— A-t-il quelqu'un avec lui?

— Ta mère, ton jeune frère Charlot.....

— Ah ! s'écria Montluc en éclatant de joie, l'enfant est sauvé. Tout va bien alors... Mais comment s'est-il sauvé ?

— A la nage, entre ses deux grands chiens terre-neuve, pendant la nuit.

— Est-il entré dans l'île des Serpents à sonnettes sans être mordu ?

— Secret du vieux jongleur Érié, dit Buffalo souriant. Enseigné à Charlot. Charme les serpents. Parle aux autres bêtes, se fait suivre et comprendre. »

J'écoutais cette conversation avec surprise, croyant que Buffalo se vantait. Mais non, il était fort sérieux.

« Voulez-vous en avoir la preuve à l'instant même ?

demanda M. de Montluc. Buffalo, montre-nous ce que tu sais faire. Mais vous d'abord, mon cher curé, frottez-vous les mains de cette eau verte que vous voyez. » Puis, s'adressant à l'Algonquin : « Prends la même précaution pour ta famille et pour toi. » Ce que l'Indien fit avec empressement.

Nous descendîmes alors sur le rivage, M. de Montluc, Buffalo, Pied-de-Cerf et moi. Beaupoil, frotté comme les autres et curieux plus que tous, nous avait suivis malgré les ordres de Marion.

« Mais, dit-il d'un air intrépide, les femmes ont peur de tout. »

Quand nous fûmes à terre, Buffalo s'avança avec précaution, tira de sa ceinture une sorte de flageolet aux sons doux et pénétrants et se mit à jouer un air singulier, triste d'abord, puis plus vif, puis insinuant et persuasif.

Après quelques minutes nous entendîmes un léger froissement dans les feuilles, et une tête de serpent deux fois plus grosse que celle d'un dindon se leva lentement jusqu'à un pied de terre, regarda autour d'elle, aperçut Buffalo et parut dire :

« Me voilà, que me veux-tu ? »

Au premier mouvement du serpent qui avait au moins six pieds de long et une grosseur proportionnée, c'est-à-dire double du goulot d'une bouteille, Beaupoil, tout frotté qu'il était d'eau verte, s'écarta avec un empressement qui nous fit rire.

Buffalo fit de la main gauche un geste rassurant et commanda le silence.

« Attention ! me dit M. de Montluc, voyez et écoutez la suite. Buffalo va nous chanter un poëme tout seul

Buffalo se mit à jouer un air singulier.

d'abord, puis le serpent à sonnettes répondra, et enfin quand tous deux seront d'accord et s'entendront parfaitement, ils entameront ensemble un duo, l'un sur son flageolet, l'autre avec sa langue, et si vous voulez, je vous traduirai le duo, car, sans être aussi habile que le vieux jongleur ou que mon frère Charlot, j'entends un peu le langage des bêtes. »

Buffalo répondit au sifflement interrogateur du serpent à sonnettes par une sorte de phrase ou de mélodie caressante.

« Entendez-vous ceci, monsieur le curé? demanda Montluc. C'est comme s'il lui disait : Animal beau et prudent qui passe pour le plus sage et le plus savant de tes confrères, ne serais-tu donc qu'une bête comme tant d'autres? ne reconnais-tu pas ton ami Buffalo, le vieux jongleur Érié? »

Ici le serpent s'avança de deux pas vers Buffalo et siffla de nouveau à plusieurs reprises.

Buffalo répliqua par un discours qui me parut très-compliqué.

Quoiqu'il ne fît pas de gestes, je vis bien qu'il racontait quelque chose, qu'il proposait je ne sais quoi, que le serpent écoutait en silence; puis, par de brusques sifflements, semblait faire des objections, comme quelqu'un qui est tenté d'accepter, mais qui se défie.

« Cela, me dit M. de Montluc, c'est assez long et assez difficile à traduire. J'essayerai cependant.

» Le serpent à sonnettes a dû lui répondre :

« Je ne te connais pas personnellement, vieux Buffalo, jongleur Érié. Il n'y a plus de jongleurs Ériés dans le pays ni dans les îles du lac. Nous autres serpents, qui ne sommes pas des bêtes comme tu as la malhonnêteté de le dire, nous savons bien à quoi nous en tenir sur ce qui se passe dans notre voisinage. On a tué tous tes amis, et depuis ce temps, ceux qui sont venus prendre leur place sont nos ennemis et les tiens. »

» Buffalo a répliqué : « Serpent à sonnettes, il est vrai que je suis le dernier de cette race d'élus, qui depuis les premiers jours de la création avait gardé le don de parler aux animaux de ton espèce et de s'en faire entendre ; mais une autre race est venue de l'Est poussée par les vents de la mer, la race des Visages-Pâles de France, et parmi ces Visages-Pâles, un surtout, le vieux Montluc dont voici le fils, avec qui j'ai fait alliance, parce qu'il m'a aidé à venger mes frères Ériés sur d'autres Visages-Pâles venus d'Angleterre. »

M. de Montluc me faisait cette traduction couramment, avec une telle gravité que je ne savais véritablement qu'en penser.

Enfin je lui demandai si vraiment il pensait que Buffalo eût dit tout cela sur son flageolet et que le serpent l'eût compris.

Montluc se mit à rire et répliqua :

« Que voulez-vous qu'ils se disent l'un à l'autre si ce n'est cela ? Et tenez, voulez-vous que je continue ma traduction ?.. Buffalo a proposé au serpent de le suivre sur notre canot. Le serpent a refusé d'abord, alléguant qu'il ne voulait pas abandonner sa femelle et ses petits enfants, craignant aussi d'être traîné dans un piége...

» Alors Buffalo a répliqué qu'on ne devenait savant qu'en voyageant, qu'il lui proposait d'aller d'île en île, qu'il emmènerait avec lui toute sa famille si cela pouvait lui faire plaisir.

» Le serpent s'en est encore défendu assez longtemps.

Voyez, monsieur le curé, comme il se tourne de notre côté d'un air défiant... Ah ! Enfin il se décide.

» Écoutez comme il siffle à son tour. Il appelle la mère et les petits... Voyez sortir des hautes herbes toute la couvée. »

Je ne les voyais que trop, en effet, et Beaupoil aussi qui fuyait en bondissant devant eux. J'aurais bien voulu rentrer dans le canot et me mettre à l'abri de ces nouveaux amis.

Mais Montluc me retint et me rassura :

« Fiez-vous à Buffalo. Il n'y aurait danger que pour lui s'il y avait danger, car lui seul n'a point d'armes contre eux ; mais l'eau verte dont je vous ai fait enduire vos mains cause une frayeur horrible aux serpents à sonnettes. Aucun d'eux n'oserait vous toucher, pas plus que si la main de Dieu lui-même était étendue sur nos têtes pour nous défendre. »

Alors je fus témoin d'un spectacle étrange, effrayant, et qui me parut alors incompréhensible, quoiqu'il n'eût rien que de conforme aux lois de Dieu et aux secrets de la nature. Mais j'ignorais alors bien des choses qu'une étude approfondie des forêts, des prairies, des lacs et de ceux qui les habitent m'a enseignées plus tard.

Le serpent à sonnettes se mit à siffler autour de lui d'une manière étrange, mais non menaçante. Il semblait expliquer à son tour à sa famille qu'il avait rencontré un ami, que cet ami voulait l'emmener en voyage, que ce voyage serait très-agréable, qu'on visiterait le lac Érié et les îles, peut-être aussi le continent tout entier, que le temps était beau, que la surface du lac était tranquille, que l'ami inconnu se chargeait du transport. Je ne sais ce qu'il disait, mais il persuada.

Il s'enroula doucement autour du corps de Buffalo et se plaça comme une écharpe en sautoir.

La mère, ou du moins celle que je crus telle, suivit son exemple et s'accrocha à la ceinture du jongleur. Trois petits qui formaient le reste de la famille suivirent leurs parents et se placèrent comme ils purent entre le père et la mère, non sans siffler et quereller un peu. Un quatrième, le plus hardi, grimpa sur les épaules, s'enroula autour du cou de Buffalo et le regarda face à face comme un brave. Mais d'une chiquenaude le vieil Érié le força de changer de position, et le vieux serpent, le père, agita sa queue d'un air fâché et fit résonner ses sonnettes, qui avaient le son d'une crécelle.

Sans doute il blâmait l'audace de l'enfant.

La mère à son tour siffla d'une certaine manière qui semblait indiquer que le père était trop sévère, et qu'il fallait montrer quelque indulgence.

Vraiment, si je n'en avais été témoin et si quelqu'un me l'avait raconté, j'aurais pris tout cela pour un conte d'enfants ; mais il me semble que je vois encore cet effrayant spectacle au moment où j'écris ces lignes ; et d'ailleurs il y a bien d'autres étrangetés dans le monde.

« Maintenant, me dit Montluc le Rouge, il est temps de partir, et pour vous rassurer entièrement, monsieur le curé, et vous aussi, mon pauvre Beaupoil, car vous êtes bien pâle, regardez ce que je vais faire. »

Alors il approcha sa main droite arrosée comme les nôtres d'eau verte et saisit le gros serpent par la tête.

J'étais saisi de crainte en voyant cette audace, mais je fus encore plus étonné qu'effrayé en voyant le pauvre animal frémir, pousser un long sifflement de frayeur et demeurer immobile comme s'il eût été attaqué de paralysie.

Tout le reste de la famille n'était pas moins troublé. Aucun n'osa mordre. Tous, dans une attitude épou-

Buffalo continuait à jouer du flageolet.

vantée, la tête basse, semblaient avoir reconnu leur maître.

Alors Montluc m'expliqua que cette eau verte, dont le vieux Buffalo avait seul le secret, était une décoction de l'*herbe* fameuse *des Ériés*, dont aucun serpent ne pouvait supporter la vue ni l'odeur. Ils s'éloignent avec frayeur de tous ceux qui s'en sont frottés.

Et, en effet, sur sa parole je fis de même que M. de Montluc et avec le même succès.

Toutes ces expériences étant faites, je croyais que nous allions partir, mais Buffalo s'y opposa. Il fit chercher d'abord une provision énorme de l'*herbe des Ériés*, fit allumer du feu dans une chaudière, y fit bouillir le tout, sans y toucher lui-même, fit écarter tous les assistants sauf Montluc, sous prétexte de mélanger cette décoction avec certaines substances inconnues, qui n'étaient, comme je l'ai su plus tard, que des poignées de sable, prononça plusieurs paroles magiques pour garder sa réputation de sorcier à laquelle il tenait quoique fervent catholique, et enfin, quand toute cette eau fut refroidie et devenue verte comme celle où l'on fait cuire l'oseille, donna ordre d'en mettre une provision à bord de chaque canot et en enseigna l'usage à tous nos Canadiens et aux matelots basques et marseillais ; « car, ajouta-t-il, vous pouvez en avoir besoin, et Montluc le Rouge vous mène dans un pays où les serpents à sonnettes sont plus nombreux que les marguerites dans les prés. »

Ces mots firent pâlir les plus braves, mais il n'était plus temps de reculer, et Beaupoil leur expliqua que l'eau verte de Buffalo garantissait de la morsure des serpents.

« Maintenant, dit Montluc le Rouge, nous avons encore six lieues à faire avant d'arriver au lieu du rendez-vous, et il nous reste vingt-quatre heures à dépenser. Il ne faut

pas arriver trop tôt. Les Anglais seraient avertis et sur
leurs gardes. Il ne faut pas arriver trop tard. L'incon-
vénient serait pire, car les sachems des tribus Iroquoises,
Huronnes et Algonquines seraient offensés si nous les faisions
attendre. Il faut être là-bas à dix heures du soir. C'est la
lune qui marquera l'heure. Toi, Pied-de-Cerf (l'Algonquin
nous avait suivis), tu vas partir le premier et reconnaître les
Anglais. Tu nous diras combien ils sont et s'ils se tiennent
sur leurs gardes. »

Alors le vieil Érié se leva et dit :

« Montluc le Rouge, grand chef n'a pas la sagesse ordinaire.

— Pourquoi ? demanda Montluc sans s'étonner.

— Devrait me charger de reconnaître le camp anglais.
Pied-de-Cerf, jambe agile, tête sans cervelle..... »

A son tour il fallut calmer l'Algonquin qui se trouvait
offensé.

Montluc y réussit pourtant.

« Mon vieux Buffalo, dit-il, c'est à toi et à M. le curé de
Gimel que je destine demain l'avant-garde. Aujourd'hui,
laisse quelque chose à faire à Pied-de-Cerf. »

Celui-ci partit sur-le-champ et revint le lendemain. Nous
nous étions avancés sans être vus des Anglais à la faveur
des îles boisées qui couvrent une partie du lac Érié.

Voici le rapport de Pied-de-Cerf.

« Je suis arrivé ce matin au point du jour à l'île de la
Tour-Montluc. Il y avait là huit cents Visages-Pâles d'Angleterre et leur principaux chefs.

— As-tu débarqué ?

— Certes ! répondit Pied-de-Cerf.

— Quel accueil as-tu reçu ?

— Un soldat m'a frappé d'un coup de crosse. Je l'ai regardé au visage pour le reconnaître et le scalper, ce soir ou demain ; mais je n'ai rien dit, parce qu'il fallait revenir et rendre compte de ce que j'avais vu. Le Visage-Pâle ne perdra rien pour attendre.

— Mais, dit Montluc, à quel signe le reconnaîtras-tu ?

— Il a des favoris roux.

— Il y en a peut être vingt sur huit cents qui ont les favoris roux.

— Eh bien, je scalperai ces vingt-là.

— A la bonne heure, reprit Montluc..... Ces huit cents hommes, est-ce tout ?

— Non, répondit Pied-de-Cerf. Il y en a sept cents à côté dans l'île des Tortues : c'est un autre régiment ; et encore sept cents dans l'île de l'Érable noir.

— C'est tout ?

— Oui.

— Alors, dit Montluc, je vois qu'ils bloquent l'île des Serpents à sonnettes qui sert de refuge à mon père.

— Oui, dit Pied-de-Cerf.

— Les as-tu entendus parler ?

— J'ai entendu, j'ai apporté du poisson de ma pêche et je l'ai vendu au général, un grand, gros, qu'ils appellent sir John Arbuthnot.

— Sir Robert Carroll, le gouverneur de Boston, n'y est pas ?

— Non. Il est reparti. Il reviendra dans quelques jours.

— Ah ! dit Montluc, c'est dommage. J'aurais eu plaisir à le rencontrer tout de suite..... Mais s'ils bloquent l'île où est mon père, ils savent donc qu'il est là ?

— Ils le savent. John Arbuthnot a dit devant moi : « Le

vieux Montluc, le Grand Ours noir, comme les sauvages l'appellent, est imprenable dans son île. Personne n'ose y mettre le pied à cause des serpents à sonnettes dont elle est pleine »

» Alors un autre a dit :

« Mais quel intérêt a donc Robert Carroll à le prendre. »

» Arbuthnot a répliqué :

« La guerre du Canada ne peut finir qu'après qu'on aura exterminé tous les Montlucs. Le Grand Ours noir, le vieil Annibal, tout blessé qu'il est et mourant, nous tient encore en échec depuis le lac Supérieur jusqu'à Montréal, tout le long du Saint-Laurent et de la grande rivière des Ontaouais. A cent lieues autour de sa maison il est le maître et les Peaux-Rouges le respectent comme leur chef. D'ailleurs il tient caché, dit-on, dans son île des Serpents à sonnettes un trésor immense, et ce serait une bonne affaire que d'y entrer.

— Qu'est devenu le fils ? a demandé l'autre.

— Montluc le Rouge ? Il est en Europe par bonheur, à solliciter pour le Canada des renforts qu'on ne lui donnera pas. S'il avait été là pour prêter secours à son père, on ne s'en serait peut-être jamais tiré. »

» J'écoutais tout sans rien dire, accroupi devant mon panier de poisson.

» A la fin, un de ses officiers m'a demandé :

« Est-ce qu'il reviendra bientôt ?

— Qui ?

— Montluc le Rouge.

— Il ne reviendra pas. Il est mort.

— C'est faux, » a dit le gros Arbuthnot. Puis, s'adressant à moi : « Comment le sais-tu ?

— On me l'a dit.

— Mais qui ?

— Les Français.

— N'en croyez pas un mot, » a dit Arbuthnot aux autres et tenons-nous sur nos gardes.

» Je me suis en allé en silence. Alors on m'a rappelé.

« Qu'es-tu venu faire dans cette île ? »

» J'ai bien vu qu'on me soupçonnait de quelque chose. J'ai répondu tranquillement :

« Vendre mon poisson et acheter du whisky.

— Eh bien, achète ton whisky et pars. Si je te rattrape ici, je te ferai pendre. » Et il faisait de gros yeux terribles.

« Que pensais-tu pendant ce temps, Pied-de-Cerf ? » demanda Montluc.

Le bon Algonquin répondit avec gravité :

« Je me disais : Encore un Visage-Pâle que je scalperai demain.

— A la bonne heure, conclut Montluc le Rouge en riant. Toi du moins, Pied-de-Cerf, tu n'y vas point par quatre chemins. »

Puis il donna le signal du départ et indiqua l'ordre de bataille de la nuit suivante, « car, ajouta-t-il, c'est cette nuit que la danse va commencer, et je vous promets, mon cher curé, que je vous ferai voir du beau et du nouveau, et que vous serez un héros et que vous nous mènerez à la victoire comme un Annibal ou un Scipion, vous, tout pacifique et tout ennemi du sang versé que vous êtes. »

Je répondis :

« Monsieur le vicomte, que la volonté de Dieu soit faite en toutes choses ! »

Je croyais qu'il voulait rire, mais il parlait fort sérieusement, ainsi qu'on le verra bientôt.

Montluc me fit lever.

# CHAPITRE V

La victoire de Buffalo.

Les personnes vertueuses qui n'ont jamais rien vu ni connu excepté le clocher de leur village auront de la peine à croire ce qui suivit ; et moi-même qui ai vu tout ce que je vais raconter et qui étais au milieu de la mêlée, j'hésite encore à écrire ces lignes ; cependant, malgré toute l'invraisemblance de mon récit, écoutez.

Il était environ neuf heures du soir et j'avais reçu les dernières instructions détaillées de M. de Montluc (on verra bientôt en quoi elles consistaient), lorsque, seul avec mon ami Beaupoil et un rameur canadien, dans un canot qui glissait silencieusement sur le lac Érié, je vis que nous approchions d'une masse sombre de bois et de clairières qui s'élevait au-dessus des eaux et d'où sortait un bruit étrange de cris, de chants, de rires et de trompettes.

Le Canadien étendit la main et dit : « C'est l'île de la Tour-Montluc. » Puis, comme à une certaine distance, mais sur le rivage, on voyait des feux, un campement et des hommes qui s'agitaient joyeusement :

« Ceux-là, ce sont les Anglais. Voyez-vous les ruines du château qu'ils ont brûlé il y a trois mois?... Ah ! les brigands ! Mais Montluc le Rouge leur grillera le poil !

— Où est le vieux comte? demandai-je.

— Le Grand Ours noir ? répondit le Canadien d'un air mystérieux. Qui peut savoir? Il est peut-être vivant, peut-être mort, peut-être ressuscité. Le Grand Ours noir a ses secrets que personne ne saura jamais, excepté lui et Buffalo.... Le Père Fleury les savait aussi, parce qu'il savait tout, mais le Père Fleury est mort... Nous ne le verrons plus jamais ! »

A cette pensée le brave Canadien pencha la tête et peut-être essuya une larme. J'enviai ce vieux martyr de la religion et de la patrie qui laissait de si profonds regrets à ceux qui l'avaient connu ; mais en même temps je pensai à l'importante et terrible mission dont j'avais été chargé et d'où dépendait, disait-on, le salut de la Nouvelle-France.

« Où donc est le vieux Buffalo? demandai-je encore.

— Il va venir tout à l'heure, me répondit le Canadien. Il est parti avant nous... Et tenez... entendez-vous la musique? Entends-tu, Beaupoil? c'est lui qui arrive. »

A ces mots, à cette musique, comme disait le Canadien en riant, les cheveux de Beaupoil se dressèrent sur sa tête, ses yeux s'agrandirent d'effroi. S'il avait été en rase campagne il aurait pris la fuite.

Quant à moi, tout averti que je fusse de ce que j'allais voir et entendre, je me sentis frémir jusqu'au fond des os, jusqu'au plus secret de la moelle, et je regrettai mille fois, je suis forcé de l'avouer, la malheureuse idée que j'avais eue de quitter mon doux presbytère de Gimel, au bord de la cascade moins grande et moins puissante à coup sûr que la cataracte du Niagara, mais bien belle encore et qui vaut mieux à elle seule, tout agreste et rustique, que les quinze palais du grand roi Louis XIV. Oui, je ne m'en dédis pas, si j'avais dû choisir entre ma chère cascade de Gimel et les palais du Louvre, de Marly, de Versailles et de Fontainebleau, j'aurais choisi ma cascade.

Et j'avais eu la folie de quitter ses bords heureux et une destinée qui n'était que trop douce, hélas! pour venir affronter un ennemi tel que celui qui venait au-devant de moi.

Car je le reconnus sur-le-champ; c'était comme le bruit d'une armée immense qui s'avançait à la surface de l'eau, sans qu'on pût distinguer aucun des soldats. En revanche j'entendais les tambours et les trompettes. On eût dit cent mille grelots agités en même temps par une main invisible.

De temps en temps il se faisait comme une halte et un silence, et l'armée demeurait immobile. Çà et là, de distance en distance, quelques longs sifflements impérieux semblaient être les ordres des officiers et des colonels de chaque régiment. Au-dessus de tous ces grelots agités et de ces sifflements, on distinguait le son d'un instrument étrange, flageolet ou petite flûte, qui précédait et dirigeait toute l'armée.

Puis ce chant devint plus distinct, quoique toujours très-doux, et je commençai à entrevoir un canot léger monté par un seul homme qui s'avançait vers nous. Ce canot portait le musicien.

« Voici le vieux Buffalo, dit le Canadien, le Père des serpents à sonnettes, le grand jongleur du lac Érié. »

Et il se signa dévotement, comme pour écarter les opérations magiques de Buffalo et la damnation qui pouvait en être la suite.

« Car, voyez-vous, monsieur le curé, est-ce que c'est naturel qu'un homme sache parler ainsi aux animaux, s'en faire entendre et comprendre leurs réponses, et qu'il les emmène avec lui où il veut ?... Mais, monsieur, c'est tout ce qu'un saint pourrait faire, et un grand saint encore, un de ces saints qui ressuscitaient les morts et qui transportaient les montagnes ?... Le Père Fleury lui-même qui était si bon, si pieux, si savant, qui faisait faire toutes ses volontés aux Français et aux sauvages, qui était inspiré de Dieu dans toutes ses paroles et dans toutes ses pensées, — non, le Père Fleury n'a jamais pu se faire entendre de ces serpents sournois et entêtés ; et ce vieux sorcier de Buffalo s'en fait entendre, lui ! et s'en fait suivre. Preuve qu'il a, lui aussi, des amitiés avec le Diable, quoique au fond, pour tout dire, il ne soit pas brouillé avec le bon Dieu, car je l'ai vu aller à la messe et communier, moi qui vous parle, comme une personne naturelle, et le Père Fleury lui donnait comme aux autres le corps de Notre-Seigneur Jésus-Christ... On n'a jamais rien vu de pareil. Mais, comme dit l'autre, on n'a jamais tout vu. »

Pendant cette conversation, Buffalo s'approchait toujours de nous, suivi de son étrange armée.

Les dents de Beaupoil claquaient, son corps tout entier tremblait de frayeur.

A la fin il s'écria :

« Au nom du Ciel, monsieur le curé, si vous avez quelque

pouvoir sur ce païen damné de Buffalo, dites-lui d'aller plus loin, car nous allons être en proie tout à l'heure à plus de cinq cent mille diables. »

Alors j'eus pitié de lui et pour relever son courage je lui dis :

« Mais, Beaupoil, tu ne demandais que plaies et bosses en partant de France.

— Ah ! oui, monsieur le curé, et j'avais bien tort. Mais est-ce qu'on peut savoir où l'on arrivera quand on part ?...

— Beaupoil, M. de La Fontaine l'a dit :

> En toute chose il faut considérer la fin.

— Mais, monsieur, répliqua-t-il, est-ce que je pouvais deviner ? Je croyais qu'il y avait ici des loups, des Anglais, des sauvages, de ces gens enfin dont on peut se garer à coups de fusil... Est-ce que j'aurais jamais pu penser que le pays où j'allais était tout rempli de bêtes énormes et venimeuses qu'on ne voit qu'en marchant dessus, et qui vous mordent depuis les talons jusqu'aux épaules et dont un seul coup de dent met un chrétien en terre ! Ah ! si j'avais su !

— Tu ne t'es donc pas frotté de l'herbe des Ériés ?

— Ah ! monsieur, j'en ai frotté mes mains, mon cou, mon visage et jusqu'à mes bottes. Mais si quelqu'un de ces maudits serpents allait malgré l'herbe des Ériés prendre goût à ma peau, à ma chair et à mon sang ! »

Alors, comme Buffalo n'était plus qu'à cinq ou six brasses de moi, je lui fis signe de s'arrêter. Aussitôt il cessa de ramer et de jouer sur son flageolet ses airs mystérieux. Il y eut un moment de silence. De la main il fit signe à l'invisible troupe des serpents à sonnettes de faire halte.

Les serpents obéirent, le bruit des grelots cessa. On n'entendit plus que celui de quelques sifflements impérieux, ceux des officiers sans doute qui contenaient l'impatience et l'ardeur des soldats.

Je lui dis : « Buffalo, vous êtes prêt ? »

Il répondit d'une voix sourde : « Eux aussi, monsieur le curé. Dépêchez-vous, j'ai peine à les retenir. »

A ces mots Beaupoil, plus effrayé qu'auparavant, me dit : « Entendez-vous, monsieur ?... Eux aussi !... Qui, eux ? Sans doute ces enfants du diable ! Et comme la voix du vieux païen paraît sortir d'une caverne !... La caverne du diable sans doute !... Au nom du Ciel, monsieur, allons-nous-en !

— Eh bien, va-t'en, Beaupoil !

— Où et comment ? »

En effet, autour de nous on ne voyait que le lac Érié dont les vagues battaient le canot.

« Tais-toi donc et ne bouge plus, si tu tiens à ta vie et à la nôtre ! »

En effet, nous étions entre trois ennemis mortels. Le premier de ces ennemis était le grand lac Érié dont les eaux profondes de trois ou quatre cents pieds nous entouraient de toutes parts. Le deuxième était l'armée des serpents à sonnettes dont la moindre morsure nous eût donné la mort. Le troisième était l'armée anglaise, que nous voyions campée à une demi-lieue de nous sur le rivage et dont les grandes chaloupes montées par des marins intrépides et garnies d'artillerie auraient coulé sans peine nos petits canots.

Ce danger-là était sans contredit le moins terrible, car les Anglais, nous voyant sans défense, se seraient certainement contentés de nous faire prisonniers, et de nous emmener à Boston ou en Angleterre. Malheureusement nous n'avions pas le choix, car il fallait échapper aux trois ennemis à la fois.

Le Canadien qui montait mon canot voyait la situation aussi bien que moi ; mais, avec l'intrépidité naturelle à sa race, il était prêt à braver la mort, et de plus il avait confiance dans la victoire.

Par précaution pourtant il me demanda l'absolution, que je lui donnai ainsi qu'à Beaupoil, *in articulo mortis.*

Je la donnai aussi au vieux Buffalo, qui la reçut avec respect et à genoux, mais qui ajouta :

« Monsieur le curé, ne perdons pas de temps. Nous n'avons que tout juste celui qu'il faut pour arriver au rendez-vous. »

Je me hâtai de recommander mon âme à Dieu, et je fis signe au Canadien de ramer vers l'île de la Tour-Montluc. Il se mit à ramer si vigoureusement qu'en moins de dix minutes nous nous trouvâmes au milieu de la flottille anglaise, dont les chaloupes bordaient le rivage, séparées l'une de l'autre par un intervalle de cent pas environ.

Notre canot n'étant pas éclairé, et le Canadien ayant eu soin d'entourer ses rames d'étoupe afin d'en étouffer le bruit, nous arrivâmes sans bruit et sans être aperçus, à cinquante pas environ du grand feu qu'on avait allumé, et près duquel les officiers anglais au nombre de vingt-cinq ou trente achevaient de souper. C'était l'état-major.

La table était dressée près du feu et couverte de plats vides et de bouteilles qu'on vidait. Les officiers en habit rouge, pleins de joie comme on l'est toujours après un bon festin, portaient des toasts à toutes sortes de gens qui m'étaient inconnus.

Au milieu se tenait, grave et digne malgré sa figure rouge, sir John Arbuthnot, général en chef : du moins je le supposai tel, à voir l'air de déférence des autres officiers.

Quoique je ne susse pas deux mots d'anglais (je ne l'ai appris qu'un peu plus tard et par mes relations forcées avec les habitants de la Nouvelle-Angleterre), j'entendis très-bien qu'il proposa la santé du *King William*, celui qu'il appelait le roi Guillaume et que nous autres Français, nous avons toujours nommé le Prince d'Orange.

Je remarquai avec plaisir qu'on fit raison à cette santé-là, mais plutôt pour le plaisir de boire que par amour pour ce Hollandais qui avait détrôné son beau-père le roi Jacques et usurpé son trône.

Voyant qu'on était un peu froid, sir John Arbuthnot proposa la santé de la *Queen Mary*, sa femme :

« Une véritable Anglaise celle-là. »

Et il vida son verre, le remplit deux fois et le vida encore, tant il aimait les véritables Anglaises, ou (car on peut tout supposer) tant il avait soif.

Tout le monde suivit son exemple, et de plus, afin de mieux montrer son zèle, chacun des convives brisa son verre en criant deux mots que je ne comprenais pas.

Puis, après que les laquais eurent apporté d'autres verres, on porta la santé de l'armée anglaise, qui fut accueillie avec acclamation, et pour que la marine anglaise ne fût pas jalouse, on but à la marine, qui répliqua en buvant à l'armée. Soixante bouteilles à peu près étaient couchées sur l'herbe, lorsque sir John Arbuthnot proposa la santé des dames, de toutes les dames en général, des dames anglaises, écossaises et irlandaises en particulier, de celles qui étaient mariées (il félicita les heureux gentlemen qui avaient uni leur sort à celui de ces dames), puis de celles qui vivaient encore dans le célibat, et il ajouta que c'était aux jeunes gentlemen non mariés qui faisaient partie de l'armée et de la marine britanniques, de décider ces dames à suivre l'exemple de leurs mères et de leurs grand'mères.

Je ne comprenais pas grand'chose, comme on peut croire, à tous ces toasts et à ces discours, mais j'en devinais à peu près le sens en entendant les mots de *king, queen, ladies, gentlemen, army, navy.* D'ailleurs le Canadien qui me suivait m'expliqua un peu plus tard ce que je n'avais pas bien compris.

Enfin je pensai qu'il était temps de parler sérieusement, et, voyant caché derrière un chêne en face de moi, de l'autre côté de la table, à trois pas derrière sir John Arbuthnot, le vieux Buffalo qui, de ses yeux étincelants, me faisait signe de commencer le feu, je saisis le drapeau de parlementaire que portait le Canadien, et debout, m'adressant aux Anglais étonnés, qui ne m'avaient pas encore aperçu, je dis suivant mes instructions :

« Sir John Arbuthnot, major général des forces du Prince d'Orange en ce pays, je viens ici, de la part de M. Louis de Montluc, vous sommer d'évacuer sur-le-champ cette île et toutes les possessions de Sa Majesté le Roi de France. »

La surprise de sir John Arbuthnot fut si grande qu'il demeura immobile, le verre en main, se demandant sans doute d'où sortait cette voix et, quand il m'eut vu, d'où venait cet ambassadeur. Il s'écria : « Holà, Jenkins, à quoi pensez-vous ? Qu'est-ce que cet homme ? Que veut dire cette ridicule sommation ? »

Jenkins était, je suppose, le commandant de l'île ou peut-être le chef d'état-major. Il était aussi étonné que le major général et répondit : « Sir John, à en juger par sa robe, c'est quelque envoyé des enfers. » Mais cette explication ne satisfit pas sir John.

Il me demanda d'une voix impérieuse.

« Monsieur, qui êtes-vous ? Que me voulez-vous ?

— Monsieur, répliquai-je avec fermeté, je suis l'envoyé de M. le baron de Montluc, celui que vous connaissez sous le nom de Montluc le Rouge. »

Et je répétai la sommation dont j'étais chargé.

Le fier sir John Arbuthnot se tourna vers un sergent et lui dit :

« Prenez-moi ce prêtre et ses deux compagnons et attachez-les à un arbre. » (Mes deux compagnons, c'étaient Beaupoil et le Canadien.)

Par réflexion, Arbuthnot ajouta :

« Sergent, vous devriez avoir cinquante coups de fouet pour les avoir laissés pénétrer jusqu'ici. Est-ce ainsi que nous sommes gardés par les sentinelles ? »

Le sergent s'excusa de son mieux, et s'avança avec cinq ou six hommes pour exécuter l'ordre de son chef.

C'était l'instant décisif. Je regardai Buffalo et je vis qu'il était prêt. Derrière lui, son armée qu'il contenait de la main, ne demandait qu'à donner l'assaut.

Alors j'étendis le bras vers sir John Arbuthnot et je lui dis :

« Monsieur, vous avez porté le fer et le feu dans cette île ; vous avez brûlé le château d'un noble gentilhomme ; vous avez massacré ses amis ; vous avez traité un chrétien avec plus de cruauté que les plus sauvages païens n'auraient su faire ; prenez garde à la justice de Dieu. Repentez-vous et quittez ce pays. Vous le pouvez encore. Dans trois minutes il ne sera plus temps ! »

A ces mots tous les officiers anglais éclatèrent de rire, et John Arbuthnot le premier.

Je m'adressai aux Anglais.

« Le prêtre est fou, dit-il. Buvons à sa guérison. »

Il leva son verre, mais déjà le signal était donné. Sans qu'on s'en fût aperçu, Buffalo se glissant dans l'herbe avec son armée s'était levé derrière sa chaise.

Au moment même où le major général allait vider son verre, on vit un grand serpent à sonnettes s'enrouler autour de lui, dresser la tête en sifflant et s'avancer pour le mordre au visage.

Il y eut un cri d'horreur, et moi-même je me sentis frémir, quoique averti de ce qui devait arriver. Les deux voisins du major général s'écartèrent de lui avec une frayeur invincible et voulurent échapper au danger, mais eux-mêmes étaient déjà mordus et cherchaient en vain à fuir. Ils emportaient leur ennemi avec eux.

Plusieurs centaines de serpents à sonnettes se précipitaient sur ce champ de bataille. Le sergent et les hommes qui avaient reçu l'ordre de nous saisir fuyaient vers le camp, et y portaient la terreur. De tous côtés on entendait le bruit de ces grelots étranges qui forment la queue de ces redoutables animaux et les soldats épouvantés se jetaient dans le lac Érié pour regagner les chaloupes.

Beaucoup se noyèrent, ne sachant pas nager ou perdant la tête et se trouvant dans une eau trop profonde à soixante pas de l'asile qu'ils allaient chercher. Beaucoup périrent, mordus par ces serpents venimeux que ce bruit, ce désordre, le son des tambours et des trompettes et le chant diabolique du vieux Buffalo qui jouait du flageolet pour les exciter encore, avaient irrités jusqu'à la rage.

Trois cents au moins moururent en moins d'un quart d'heure, et les autres, saisis d'une frayeur panique, allèrent raconter à leurs camarades qui occupaient les deux îles voisines par quel prodige étrange la colère de Dieu s'était manifestée ce jour-là.

Au même instant, Buffalo poursuivant sa victoire se dirigeait avec son canot et entraînait ses serpents vers les îles de la Tortue et de l'Érable noir qui étaient voisines. Mais au seul bruit des écailles des serpents à sonnettes et du désastre mystérieux qui venait de frapper leurs camarades, les deux régiments anglais venaient de se rembarquer à la hâte, croyant sans doute avoir à leurs trousses tous les suppôts de Satan et de Beelzébuth ; ils abandonnèrent leurs munitions, leurs tentes, leurs vivres, leur caisse militaire, qui devinrent dès le matin la proie des Sauvages.

C'est ainsi que finit cette terrible bataille, où sans armes, sans soldats, sans expérience de guerre, je fis, comme l'avait prédit Montluc le Rouge, plus d'exploits qu'un Annibal, un César et un Scipion.

Je me jetai à genoux avec le Canadien et Beaupoil sur le champ de bataille, et je remerciai Dieu qui m'avait prêté son secours dans un danger si pressant.

Comme je me relevais et pensais à rejoindre mes compagnons, je vis aborder dans l'île M. de Montluc, suivi de soixante guerriers indiens de l'aspect le plus imposant.

C'étaient les sachems des diverses tribus qu'il avait convoqués.

Presque tous étaient des hommes d'âge mûr, diversement tatoués, portant à leurs ceintures plusieurs chevelures, signe incontestable de leurs exploits.

Il y avait parmi eux des Hurons, des Algonquins, des Iroquois, des Abénaquis, des chefs appartenant à toutes les tribus qui occupent les deux rives du fleuve Saint-Laurent, le bord des grands lacs et l'Acadie.

Il y eut un cri d'horreur

Ces derniers surtout se distinguaient de tous les autres par leur mine docile et fière tout ensemble. Ils avaient à la ceinture, outre les chevelures des ennemis scalpés, des chapelets et des scapulaires, car ils n'étaient pas moins bons catholiques que redoutables guerriers dans la mêlée.

On les appelait les Abénaquis, ce qui signifie dans leur langue : les *mange-tout-cru*, et en effet ils avaient la réputation de ne faire aucun quartier aux Iroquois idolâtres et surtout aux Anglais.

On alluma un grand feu dans les ruines noircies du château, en vue du lac, et les sachems s'assirent en rond tout autour. Montluc se plaça au milieu d'eux sur un rocher et me fit asseoir à sa droite.

Il y eut d'abord un long et profond silence suivant la coutume des Indiens de l'Amérique du Nord qui ne sont jamais pressés de prendre la parole, quoique plusieurs d'entre eux soient de grands orateurs. Montluc avait donné des ordres secrets et paraissait attendre quelque chose.

Les sachems fumaient gravement le calumet de paix et regardaient le feu d'un air impassible.

Enfin Montluc se leva et dit : « Frères Peaux-Rouges de toutes les tribus qui habitent sur le bord de la mer, des fleuves et des Grands Lacs, je vous avais promis de vous rendre témoins d'un prodige tel que jamais peut-être vos pères n'en n'ont vu de pareil... Ai-je tenu ma promesse ?

— Tu l'as tenue ! répondirent-ils tous.

— J'avais promis, continua Montluc, que la main du Grand-Esprit s'étendrait sur vos ennemis et les miens pour les confondre, et que vous les verriez fuir devant moi sans que j'eusse même à lever la hache sur leurs têtes... Dites, ont-ils fui ?

— Ils ont fui ! répéta un des sachems, et tu es bien le fils du Grand Ours noir, qu'on ne pouvait vaincre que par trahison. Ta hache est toujours aiguisée pour aider tes amis et pour frapper tes ennemis.

— J'ai promis encore, ajouta Montluc le Rouge, de donner un successeur au vénérable Père Fleury, qui fut toujours l'ami des Français et des sauvages, et j'ai promis que ce successeur apporterait avec lui la bénédiction de Dieu et la joie sur nos amis, la frayeur et la mort sur nos ennemis.

— Tu l'as fait, » dit encore le sachem.

Alors Montluc le Rouge me fit lever à mon tour, malgré ma résistance, et dit :

« Frères Peaux-Rouges, quand vous étiez cachés tout à l'heure dans vos barques à quelques pas du rivage, vous l'avez vu bénir nos amis et étendre la main de Dieu sur nos ennemis. Est-il digne de succéder au Père Fleury et d'être pour vous tous le Père de la prière ? »

Tous se levèrent, me proclamèrent le Père de la prière pour la contrée des Grands Lacs et jurèrent entre mes mains de rester fidèles à la foi catholique aussi longtemps que je vivrais parmi eux.

Après cette promesse qui fut faite solennellement, tous ceux des Indiens qui étaient catholiques se mirent à genoux, et je leur donnai ma bénédiction.

Montluc, qui semblait toujours attendre quelqu'un, fit apporter un grand souper, et pendant qu'on le préparait et que les chefs indiens délibéraient entre eux, me prit à part et me dit :

« Monsieur le curé, vous avez fait merveille. Vous avez du sang-froid, de l'entrain, du courage. Il était difficile de remplacer le Père Fleury pour qui nous avions tous tant d'amour et de vénération ; vous y avez presque réussi. Mais ce n'est pas tout. Il nous reste beaucoup à faire.

— Monsieur de Montluc, répondis-je, je suis prêt à tout pour le service de notre sainte religion et pour le vôtre.

— Monsieur le curé, répliqua-t-il, j'y comptais. Maintenant vous jugez bien que je n'ai pas réuni dans cette île les chefs de toutes les tribus seulement pour les rendre témoins d'une victoire qui ressemble à un miracle. J'ai de plus grands desseins, et vous allez les connaître. Regardez à l'ouest. »

Chacun eut la sienne.

# CHAPITRE VI

Le baron Annibal de Montluc. — Les exploits de Charlot. — La réunion des alliés.

Au même instant une grande flamme parut à l'horizon comme un signal et s'éleva au-dessus de l'île des Serpents, qui n'était éloignée que d'une demi-lieue de celle de la Tour-Montluc.

Dix coups de canon furent tirés, et je vis avec surprise et admiration une grande chaloupe éclairée, avec le drapeau blanc au mât, qui glissait sur le lac.

Au gouvernail se tenait Buffalo, fier comme un fils de Jupiter.

A quelques pas de lui, assis sur un fauteuil de bois de fer qui malgré sa simplicité ressemblait à un trône, on aperce-

vait un grand et majestueux vieillard à barbe blanche, vêtu
à la dernière mode de la régence d'Anne d'Autriche. Un
païen, à le voir, l'aurait pris pour le Dieu du lac Érié. Mais, en
le considérant de plus près, je reconnus, sans l'avoir jamais
vu, à l'extraordinaire ressemblance du père et du fils, le
vieux baron Annibal de Montluc dont j'avais entendu parler
si souvent.

En le voyant, les Canadiens s'écrièrent : « Vive le Grand
Ours noir ! Il est ressuscité ! »

Les chefs indiens l'attendaient sur la rive dans une attitude pleine de respect, se disant l'un à l'autre : « Voici le
Grand Ours noir, le premier des Visages-Pâles ! »

Montluc le Rouge sauta dans un canot avec deux rameurs
et se précipita dans les bras de son père, qui se leva pour
le recevoir, puis dans ceux de sa mère.

Cette noble et respectable dame, la fille de Samuel Champlain et des grands chefs Ériés, réunissait en elle la force et
la beauté des deux races.

Après un long et silencieux embrassement où je crus voir,
n'étant qu'à quelques pas, les pleurs de joie de la mère, le
vieux baron Annibal de Montluc se tourna vers la foule qui
couvrait les barques et le rivage et dit, en lui montrant le
jeune gentilhomme qu'il tenait par le bras :

« Celui-ci est un vrai Montluc, du sang des Ériés. Quand
j'étais seul, blessé, hors d'état de combattre dans l'île des
Serpents, je l'attendais. Je savais qu'il viendrait à moi, dût-il
passer sur le corps de cent mille ennemis. Peaux-Rouges et
Visages-Pâles, celui-là sera le plus grand et le meilleur des
vôtres ! C'est à lui et à Buffalo que je dois la liberté. »

Puis se tournant vers le vieil Indien qui l'écoutait d'un air
impassible :

C'était le vieux baron Annibal de Montluc.

« Je ne te remercie pas, Buffalo ! Depuis quarante ans, toi et moi nous avons eu les mêmes amis et les mêmes ennemis.

— Le Grand Ours noir, répliqua l'Indien, a sagement parlé. Je l'ai toujours suivi dans la bataille depuis qu'il a vengé le massacre de mes frères Ériés. Celui qui m'aide à frapper mes ennemis avec la hache est mon frère. Je lui donne ma vie comme il me donne la sienne. »

Montluc le Rouge me présenta à mon tour et raconta en peu de mots les services que j'avais rendus.

Le vieux baron Annibal me tendit une main que je baisai avec respect et s'assit. Mal guéri de ses blessures récentes, sans compter les anciennes qui s'étaient réveillées, il pouvait à peine se tenir debout et faire quelques pas appuyé sur sa canne.

« Le Grand Ours noir, me dit tout bas Buffalo, a reçu trois balles et quinze coups d'épée ou de baïonnette dans la dernière bataille. Et, tombé sur un genou, appuyé de la main gauche à terre, de la droite tenant son épée, il en voulait encore ! »

Cependant la réception continuait, car chacun désirait être présenté au vieil Annibal et le féliciter, les Indiens aussi bien que les Canadiens, et je doute que jamais roi dans sa cour ait été reçu avec autant de respect et de joie.

Buffalo seul au milieu de sa joie semblait chercher quelque chose ou quelqu'un.

« Que cherches-tu ? demanda Montluc le Rouge.

— Charlot, répondit Buffalo.

— En effet, dit sévèrement le vieux baron. Charlot devrait être ici pour embrasser son frère et remercier nos amis. »

Au même instant on entendit un coup de fusil d'abord, puis un coup de canon, tous deux tirés à quelque distance.

Grande fut la surprise parmi nos Canadiens. Est-ce que les Anglais en fuite auraient repris courage et viendraient livrer bataille ? Montluc le Rouge se précipita avec une douzaine d'hommes dans la chaloupe qui avait amené son père et commanda aux Canadiens de le suivre.

Mais quel fut l'étonnement de tous lorsqu'un second coup de canon se fit entendre à cent pas de distance ! Est-ce que nous allions être surpris à notre tour, après avoir surpris l'ennemi ?

Au reste, on n'eut pas le temps de s'inquiéter beaucoup.

Presque au même moment une fanfare joyeuse retentit sur le lac et un jeune garçon de quatorze ans au plus, mais déjà grand et robuste, arriva sur nous dans une chaloupe qui portait deux canons, l'un à l'avant, l'autre à l'arrière. C'était Charlot, celui-là même qu'on cherchait, le plus jeune fils du baron de Montluc

Il tenait le gouvernail, et sa voile enflée par un vent favorable le conduisit à trente pas du rivage. Là, comme un cavalier habile qui fait ses évolutions devant les dames, il décrivit, en arrivant, un arc de cercle si parfait et si bien tracé que nous en fûmes tous remplis d'admiration.

Il laissa aux Canadiens le soin d'amarrer la chaloupe au rivage et se jeta dans les bras de son frère.

« D'où viens-tu ? » lui demanda celui-ci après les premiers embrassements. Charlot hésita un peu.

« Réponds ! insista sévèrement le vieux baron Annb al.

— Voici, père, répondit Charlot en riant. Je suis jaloux de mon frère Montluc le Rouge que voilà. On ne parle que de lui. Quand il est quelque part où l'on se bat, c'est toujours lui qui est vainqueur, c'est toujours lui qui donne les plus beaux coups d'épéé...

— Ton tour viendra, Charlot, ton tour viendra, dit le père en souriant avec indulgence.

— Ah! répliqua l'enfant, j'ai déjà quatorze ans. A mon âge on parlait de lui. Eh bien, j'ai voulu faire parler de moi aussi. J'ai attendu ton départ, je me suis caché, je suis monté tout seul dans un canot avec la pensée de poursuivre les Anglais et de faire, moi aussi, quelque prise. Tout à coup, comme j'étais à cent pas de l'île, je vois venir à moi cette grande et grosse chaloupe qui paraissait marcher toute seule et sans équipage. Heureusement elle était éclairée comme vous voyez et mon canot ne l'était pas. Je m'approche sans bruit, et je vois qu'il n'y avait dedans qu'un seul homme. Encore n'était-ce pas un matelot, mais un soldat anglais que j'ai reconnu à son habit rouge, et qui, dans sa frayeur, se croyant sans doute poursuivi par les serpents à sonnettes, avait couru à la chaloupe et l'avait poussée au hasard sur le lac. Je saute par-dessus le bord dans la chaloupe et je lui crie : « Rends-toi ou je te tue ! » Il a été bien étonné comme vous pouvez croire, et dans sa précipitation il m'a tiré à trois pas, sans viser, un coup de fusil que vous avez dû entendre. Par bonheur les vagues étaient très-grosses, la chaloupe se balançait à droite et à gauche, il a a glissé et m'a manqué.

— Et toi? demanda le vieil Annibal.

— Oh! moi! répliqua Charlot, je ne l'ai pas manqué. Je l'ai percé d'un coup d'épée dans le cœur... Tenez, le voilà ! »

En effet, au fond de la chaloupe on voyait étendu mort un soldat anglais. Cette vue me fit frémir. Je n'étais pas encore habitué à voir verser le sang des hommes, mais le vieil Annibal n'était pas de ceux qui s'émeuvent aisément. Il dit simplement à son fils :

« Tu vois ce que c'est que de tirer trop vite. Si cet homme
t'avait donné un coup de baïonnette, il t'aurait tué à coup
sûr. Souviens-toi de la leçon que ce pauvre diable t'a donnée
à ses dépens.

— Je m'en souviendrai, dit Charlot.

— Mais ces deux coups de canon ? demanda le père.

— Eh bien, reprit l'enfant, ce sont les deux petits canons
que tu vois qui armaient la chaloupe, et auxquels j'ai mis le
feu pour vous annoncer mon retour et ma prise. J'ai pensé
que ces deux canons nous seraient utiles pour entrer en
campagne.

— Si utiles, ajouta Montluc le Rouge, que je les réserve
pour ouvrir avec eux une brèche dans les remparts de
Boston.

— Oh ! s'écria l'enfant avec une joie extraordinaire, et tu
me promets que je les servirai tous deux ?

— Je t'en donne ma parole !

— Eh bien, je veux les baptiser. J'appellerai l'un Lucy et
l'autre Athénaïs. »

Le vieux Buffalo, qui le regardait d'un air d'admiration et
de tendresse inexprimable, s'écria en le serrant dans ses bras :

« L'enfant vaudra son père et son frère. L'âme des grands
chefs Ériés est avec lui. » Puis se tournant avec orgueil vers
les Indiens et les Canadiens : « C'est mon élève. »

Il était environ minuit lorsque le grand festin, que Montluc le Rouge avait commandé pour fêter ses amis les sauvages, fut enfin servi sur la place même qui avait été deux
heures auparavant la salle à manger des officiers anglais.

Il ne restait plus aucune trace de ceux-ci. Les Canadiens
avaient enlevé tous les morts pour les transporter dans une
petite île voisine qui devait être leur cimetière.

Il a tiré sans viser.

C'est là qu'on leur rendit les honneurs funèbres le lendemain matin, et que le vieil Annibal leur fit élever plus tard
un monument.

Le Grand Ours noir présida le festin. Quel autre que lui
aurait pu le faire avec cette dignité souveraine. N'était-il pas
le chef naturel des Canadiens français et des sauvages?

C'est ainsi, je suppose, que le patriarche Abraham, celui
qui devait être le père d'une postérité plus nombreuse que
les étoiles du ciel et que les sables de la mer, présidait
l'assemblée des chefs du désert de Mésopotamie. Mais à la
différence du saint patriarche, le vieux Montluc savait tenir
l'épée, et il n'était pas soutenu matin et soir contre ses ennemis par la voix du Dieu tout-puissant d'Israël.

Quant à M^{me} de Montluc, combien elle était noble et
belle, vertueuse, confiante en son mari, dévouée à sa fortune, préparée à le suivre dans la vie et dans la mort! Dieu
lui avait donné sur cette terre la seule récompense qui pût
réjouir une telle femme et une telle mère, je veux dire des
enfants dignes d'elle et dignes de leur père. C'est ce que je
dis aux envoyés des tribus sauvages qui s'étaient réunis autour d'eux et qui assistaient au festin... Et vraiment, quoi
que je fusse l'hôte de la famille de Montluc, non, vraiment
il n'y avait ni flatterie, ni complaisance dans ce discours.
La réponse des sachems le prouva bien. L'un d'eux, un des
chefs les plus vénérés des Onnontagnés, se leva et dit :

« Frères, le Père de la Prière a bien parlé. Nous avons vu
tout à l'heure que le Grand-Esprit était avec lui, quand il a
béni nos amis et maudit nos ennemis en leur envoyant la
terreur et la mort. Le Grand Ours noir est le chef des chefs. Le
Grand-Esprit a étendu sa main sur lui et sur toute sa famille.
J'ai dit. »

Les autres chefs agitèrent leurs tomahawks en signe de joie et d'acclamation.

Montluc le Rouge, qui veillait à tous les détails du festin, fit apporter cent bouteilles d'eau-de-vie de France dont il avait eu soin de se munir, et dont la seule vue dérida tous les sauvages, et même les frères Iroquois, les plus intraitables de tous.

Chacun d'eux eut la sienne et put se désaltérer à l'aise, soit en écoutant les discours du voisin, soit en parlant lui-même.

Quand les esprits furent assez échauffés, c'est-à-dire vers quatre heures du matin, le vieil Annibal de Montluc, qui s'était concerté à l'écart avec son fils, se leva et dit :

« Frères Peaux-Rouges de toutes les tribus du Canada et de tous les pays qui sont entre la mer, les Grands Lacs et les montagnes Bleues, mon fils Montluc le Rouge vous a réunis pour vous proposer une réconciliation générale et une alliance éternelle... »

Il y eut un court silence, bientôt suivi d'acclamations. Visiblement, grâce à l'eau-de-vie de France, tout le monde était disposé à la bienveillance.

Le vieux Montluc profita de ce moment pour rappeler les services que sa famille avait reçus des sauvages et qu'elle leur avait rendus, négligeant sagement les coups de fusil qu'il avait échangés avec eux. Il rappela la naissance de sa femme, fille de Samuel Champlain, petite-fille des grands chefs Ériés.

Puis il caressa noblement et délicieusement l'orgueil de chacune des tribus en particulier, car ce fier gentilhomme n'avait pas moins d'adresse et d'esprit que de courage. Il vanta leur intrépidité, leur amour de l'indépendance ; il montra que les Anglais étaient leurs vrais ennemis, qu'ils étaient entrés chez eux comme des mendiants et des suppliants qui n'avaient aucun moyen de subsistance dans leur pays, et que bientôt après, profitant ou plutôt abusant de la confiance et de la loyauté des sauvages, ils avaient envahi leurs territoires de chasse, abattu les daims, détruit tout le gibier, brûlé les grands arbres.

« Et quel accueil vous font-ils, ajouta le vieux Montluc, lorsque vous entrez dans leurs maisons, ces hommes qui vous doivent la vie, dont la plupart ont été chassés de leur pays pour leurs crimes (vous le voyez assez à la manière dont ils se conduisent chez vous). Ils vous repoussent avec dédain, eux qui devraient se traîner à vos genoux et vous regarder comme des bienfaiteurs ! »

Il y eut une sorte de rugissement parmi les sauvages.

« C'est vrai, s'écria le vieux chef Onnontagné, mon père le Grand Ours noir a bien parlé. »

Alors chacun de ceux qui étaient là rappela les injures qu'il avaient reçues des Anglais.

L'un, entré par hasard dans la maison d'un colon, avait été mis grossièrement à la porte avec cette question :

« Que viens-tu faire ici, damné Peau-Rouge ? Viens-tu voler mon pain ou mon whisky ? »

Un autre, venu chez un habitant de Boston et pressé de faim et de soif, avait demandé l'hospitalité, comme cela est juste entre Peaux-Rouges et Visages-Pâles. Mais, ne trouvant pas à son foyer le maître de la maison, il avait décroché un jambon et l'emportait avec l'intention d'en faire son repas sur les bords de la rivière Massachusetts, lorsque sa femme s'y était opposée, avait crié, appelé au secours et forcé son hôte de lâcher non-seulement le jambon, mais aussi deux bouteilles de whisky dont il avait compté l'arroser.

« Et cependant, ajouta le Mohawk, combien de fois ai-je nourri et abreuvé ces Visages-Pâles d'Angleterre dont le gosier est comme un puits profond que rien ne peut combler? Combien de quartiers de daim, d'élan ou de chevreuil, combien de jambons d'ours leur ai-je offerts sans qu'aucun d'eux m'ait jamais rien donné en échange !... Un seul m'a donné quelque chose, et c'était un coup de bâton pour me chasser de sa maison.... »

Il y eut un cri d'horreur et d'indignation dans l'assemblée. Le Mohawk reprit en riant et montrant ses dents blanches et aiguës :

« Mais celui-là n'a pas vécu longtemps pour se réjouir de l'affront qu'il m'avait fait. Le lendemain, je l'ai tué avec sa femme et ses cinq petits enfants..... Voyez leurs chevelures !» Et il montrait les trophées dont sa ceinture était ornée.

D'autres orateurs racontèrent des histoires à peu près pareilles, se plaignant tous et s'indignant de la morgue et de la brutalité des Anglais.

« Ils payent plus cher nos pelleteries, disaient les Iroquois et les Hurons, mais ils nous ferment leurs villes et leurs villages, comme si nous n'étions pas aussi bien qu'eux et au même titre les créatures du Grand-Esprit. »

Tant il est vrai que l'homme est plus sensible au mépris et aux mauvais traitements qu'à la misère et à la mort même.

Le baron Annibal profita habilement de ces dispositions. Dans une longue délibération qui dura cinq jours presque sans interruption, chacun des chefs prononça un discours dans lequel il faisait trois éloges : — celui de sa tribu d'abord, celui du vieux Montluc ensuite, et enfin celui des tribus voisines, rivales ou amies.

Cette précaution prise, ou si vous voulez, après cet exorde, l'orateur faisait l'éloge de la paix et de la concorde, priait le Grand-Esprit de ne lui suggérer que de bonnes et sages pensées, utiles aux Peaux-Rouges et aux Français, et la fin concluait, comme le vieux Montluc l'avait proposé, à une réconciliation générale.

Un seul, c'était l'ambassadeur des Agniers, mais je soupçonne que c'était un faux frère et un ami secret des Anglais, insinua, tout en vantant les avantages de la paix, que plusieurs tribus avaient beaucoup souffert de la dernière guerre, qu'il faudrait les en dédommager et leur rendre ce qu'elles avaient perdu.

À ces mots, la discorde se mit dans l'assemblée. Chacun avait perdu quelque chose et réclamait.

La proposition de l'Agnier touchait à beaucoup de points, car il ne s'agissait pas seulement d'indemnité. Ceux dont les parents ou les amis avaient été tués s'apprêtaient à demander vengeance.

Montluc le Rouge, sur un signe de son père, se leva et dit :

« Mon frère l'Agnier a bien parlé... Oui, il faut rendre à chacun de nous ce qui lui a été pris ou du moins l'équivalent !... »

Je l'écoutais avec étonnement. Par quel moyen restituer ce qui souvent avait été détruit ? N'était-ce pas rallumer la guerre universelle, c'est-à-dire défaire l'œuvre même que Montluc avait voulu édifier.

« La mort de nos amis, reprit-il, est sans remède ; mais nous pouvons recouvrer nos biens. Frères Canadiens et

Peaux-Rouges, c'est sur l'ennemi commun qu'il faut re-prendre par la force tout ce que nous avons perdu. »

Et alors il expliqua que les Anglais étaient le véritable ennemi des Français et des Peaux-Rouges, qu'eux seuls avaient sans cesse soufflé la discorde et la guerre, qu'à la faveur des batailles des Peaux-Rouges ils s'étaient emparés d'une grande partie du pays, depuis la mer jusqu'aux monts Alleghanys, qu'ils avaient fondé là des villes puissantes, remplies de toutes sortes de richesses, de carabines, de poudre, de balles, de whisky et d'eau-de-vie ; il décrivit les boutiques qui regorgeaient de marchandises précieuses, les boucheries où des quartiers énormes de viande étaient sans cesse étalés pour satisfaire la faim des passants (ce dernier article était fait pour irriter l'appétit des malheureux sau-vages qui sont souvent affamés) ; enfin il fit une telle peinture de la Nouvelle-Angleterre, de ses fermes, de ses villages et de ses villes, que toute l'assemblée se leva enthousiasmée, agita ses tomahawks et promit de le suivre.

C'est tout ce qu'il voulait.

On décida tout de suite de marcher sur Boston, New-York, Baltimore et toutes les villes anglaises du bord de la mer, et Montluc le Rouge fut nommé chef des troupes coalisées. Quant au vieux Montluc, à qui ses blessures ne permettaient pas de marcher au combat avant plusieurs mois, il fut choisi pour chef de la Confédération de tous les Peaux-Rouges, chacun des envoyés étant venu avec pleins pouvoirs pour traiter au nom de sa tribu.

Ces arrangements pris, on se sépara en se donnant rendez-vous au 1er août suivant sur les bords du lac Ontario, à cinq lieues du fort de Catarocouy. De là, on devait d'abord marcher sur Boston.

« Dans six semaines, me dit Montluc le Rouge, j'aurai délivré ma sœur et Lucy. Jamais je n'ai été plus certain du succès.

Miss Angelina parut.

# CHAPITRE VII

La lettre de M. de Kildare.

Pendant que les sauvages faisaient leurs préparatifs et que Montluc le Rouge, poursuivant sa victoire, achevait la déroute et la dispersion des troupes anglaises, je demeurai dans l'île de la Tour-Montluc avec le vieux comte Annibal, et je célébrai le service divin pour lui et pour une cinquantaine de Canadiens qu'il avait gardés près de lui.

En même temps il faisait reconstruire son château, mais en briques cette fois, afin qu'il ne fût pas aussi exposé à un nouvel incendie.

De son côté, Charlot, toujours actif, naviguait en éclaireur sur le lac Érié avec sa grande chaloupe, cinq ou six Canadiens et ses deux canons qu'il avait appelés suivant sa promesse : *Lucy* et *Athénaïs*. Souvent il emmenait avec lui les deux élans, mâle et femelle, qu'il avait pris à la chasse et dressés comme des chevaux de course, dont ils avaient d'ailleurs la force et la vitesse.

Une seule chose, mais la plus importante de toutes, manquait au bonheur des habitants de la Tour-Montluc : c'était le retour des deux jeunes filles faites prisonnières et emmenées par les Anglais. On n'en avait même aucune nouvelle.

Un soir enfin, Charlot, qui revenait d'une expédition sur le lac, fit entendre de loin des fanfares qui présageaient quelque chose d'heureux et d'extraordinaire. A mesure qu'il approchait, on le voyait se lever, agiter son mouchoir et son chapeau en l'air. Enfin il mit pied à terre et cria :

« Elles sont retrouvées !

— Qui ? demanda le père.

— Lucy et Athénaïs !

— Sont-elles libres ?

— Ah ! pour cela, non. Elles sont à Boston, dans le Massachusetts ; mais mon frère et moi nous les délivrerons.... Voici la lettre de Donald O'Brian, comte de Kildare :

« Boston (Massachusetts), 24 juin 1697.

« A M. Louis de Montluc,

» Cher ami,

» Comme je te l'avais promis, j'ai mis enfin le pied sur le sol ennemi. Mais d'abord, sois heureux. J'ai retrouvé nos belles prisonnières. Je les ai vues, je me suis fait reconnaître, je les ai fait rire (je te dirai tout à l'heure comment), et excepté qu'elles ne peuvent pas sortir de la ville et qu'on veut à toute force les marier ici ou, si elles refusent, les envoyer prisonnières en Angleterre, elles ne sont pas trop malheureuses.

» Cela, c'est pour dissiper tes inquiétudes. Maintenant je vais commencer par le commencement.

» Rappelle-toi d'abord, ami Montluc, ce que je t'ai dit la veille de mon départ, qu'on ne pouvait pas me pendre ici, mais qu'on pouvait très-bien m'y couper la tête, vu le jugement solennel du Parlement d'Angleterre. Figure-toi aussi que je n'ai presque pas plus de goût pour le billot que pour la potence, et juge des précautions que j'ai dû prendre pour échapper à l'un et à l'autre.

» J'arrivai avant-hier à Boston un peu avant midi, heure du dîner chez tous les honnêtes gens des pays civilisés, ayant à peu près dans mes poches trois guinées et douze shillings à l'effigie de l'usurpateur Guillaume. Ce n'est pas de quoi mener le train d'un grand seigneur, mais c'était assez pour attendre des jours plus heureux. Tout d'abord, mon air humble (tu sais que Gandar m'avait accommodé de ses propres mains en ministre protestant d'une des sectes dissidentes) m'attira les respects et la considération de tous les passants.

» Malheureusement tout le monde était si occupé de ses affaires et d'aller dîner que, malgré ces marques de respect, je serais mort de faim sans mes guinées. Je me hâtai donc d'entrer dans une maison de médiocre apparence, mais propre, bien tenue et noircie d'une sorte d'enseigne où l'on promettait de nourrir et d'abreuver sans mesure les personnes des deux sexes qui seraient en état de payer douze shillings par semaine. Pour ce prix on offrait un quart de livre de roastbeef chaud à dîner avec quatre ou cinq patates bouillies; un autre quart du même roastbeef

froid à souper, et pareil nombre de patates ; une portion de
mouton bouilli, mais environné lui aussi de patates pour le
lunch, et des crêpes de maïs ornées de mélasse le matin pour
ouvrir l'appétit et bien commencer la journée.

» De temps en temps mistress veuve Porter (lorsqu'elle
serait contente de ses pratiques apparemment) leur offrirait
soit un pâté de pommes, soit un pâté de rhubarbe, l'un ou
l'autre pétri par les mains de miss Angélina Porter, sa fille.

» Encore un détail.

» Je n'ai pas parlé du jambon. Il est ici comme le pain
en France, l'ornement indispensable de tous les repas. On
en mange le matin, le soir, à midi, à minuit, et dans les
intervalles.

» Jusqu'ici, comme tu vois, je ne courais pas risque de
mourir de faim ; mais ce n'est pas tout de manger, il faut
boire, surtout quand on a mangé tant de jambon.

» Or, juge de mon effroi, quand je vis qu'on n'offrait pour
toute boisson que de l'eau glacée à discrétion.

» Cependant j'avais bon appétit. Le temps pressait. Je me
décidais à tirer la sonnette de mistress veuve Porter.

» Cette dame respectable vint m'ouvrir elle-même, et je
faillis reculer à sa vue. Imagine-toi le corps le plus long, le
visage le plus sec, le teint le plus jaune sur les joues, le nez
le plus rouge, le plus penché et le plus crochu, le menton
le plus pointu, les oreilles les plus aplaties et les plus collées
aux tempes que tu aies jamais pu rencontrer dans tes voyages. Avec cela des dents d'une longueur terrible, pareilles à
des défenses de sanglier et sortant d'une grande bouche
qui s'ouvrait pour sourire, car elle souriait, la malheureuse dame. Elle souriait, et j'en étais navré. Ah ! mon ami,
à son âge et avec de pareilles défenses !

Je fais ... sa vie.

» Cependant, après avoir repris courage, je priai cette personne respectable de me dire si vraiment, pour le prix indiqué sur l'enseigne, elle nourrissait aussi copieusement ses pensionnaires. Elle répondit affirmativement et nous eûmes bientôt réglé les conditions. Je payai sur-le-champ une semaine d'avance et je fus introduit par l'honorable aubergiste dans la salle à manger.

» Elle ajouta que le roastbeef était servi sur la table depuis un quart d'heure, de sorte que si je tardais davantage, les autres convives allaient dévorer ma part, et, ce fut sa dernière observation, ils jouissaient tous d'un appétit extraordinaire, surtout M. Jack Wilson que ses voisins soupçonnaient d'être atteint de boulimie, vu qu'on ne l'avait jamais entendu dire : c'est assez ! quand on chargeait son assiette.

» A cette nouvelle, j'éprouvai une telle frayeur de ne pas dîner ce jour-là et d'attendre trop longtemps le souper, que je me précipitai sur les pas de mistress Porter dans une sorte de salle à manger ou de parloir obscur.

» C'est là qu'on dînait.

» Par hasard, un épais brouillard enveloppait la ville, de sorte que le parloir, déjà naturellement obscur, semblait ce jour-là tout à fait ténébreux. Les convives, sans se regarder l'un l'autre, avançaient leurs fourchettes en tâtonnant dans le plat, piquaient au hasard et dévoraient leur proie en imitant le bruit que font, dans le Mississipi, les mâchoires des alligators.

» Mistress Porter me prit par la main en me faisant monter deux marches et me conduisit à ma place, près de sa fille miss Angélina.

» Aucun des convives ne leva ni ne tourna la tête pour me voir. Tous craignaient de perdre un coup de dent.

» Un seul dérangea sa chaise pour me laisser passer, mais il grogna comme un ours en fureur, — sans parler pourtant, car le temps était trop précieux pour l'employer à me maudire.

» Il se contenta, par compensation, d'avancer à l'aide de son couteau sur son assiette deux parts de pâté de pommes dont la première avait huit pouces de long sur cinq pouces de large, et la seconde était égale à la première.

» La jeune demoiselle s'écarta un peu, mais avec un sourire tout à fait engageant. Elle est un peu longue comme sa mère, un peu maigre comme sa mère, mais au fond elle n'est pas laide. Au contraire, elle a de beaux yeux bleus, un nez droit et de moyenne grandeur, un menton bien fait, une bouche un peu trop grande, mais gracieuse, de belles dents blanches, un peu trop en dehors...

» Oui, vraiment, elle n'est pas laide, car tout cela est recouvert d'un teint éblouissant, comme celui de toutes les dames de Boston.

» Tu juges bien qu'à voir comme mon voisin de droite expédiait le pâté de pommes, il avait dû se jeter avec fureur sur le roastbeef. Et en effet il n'en restait plus qu'un vague et lointain souvenir. Il était tout pareil au grand Agamemnon, roi de Mycènes et d'Argos, dont on voyait le tombeau à l'entrée de sa capitale ; le tombeau était vaste et digne du roi des rois, mais vide.... ainsi du plat qui avait contenu le roastbeef.

» Au reste, faute de bœuf, je tombai sur le jambon, sur les patates, et Donald O'Brian, lord Kildare, fut bientôt rassasié de la cuisine anglaise.

» Mais déjà tout le monde était parti, excepté mistress Porter et sa fille, car les gens de ce pays mangent ou plutôt dévorent avec l'appétit et la précipitation des loups et retournent à leur travail sans perdre une minute.

» Après dîner, comme je demandais conseil à mistress Porter pour trouver un logement, cette dame respectable eut la bonté de m'offrir moyennant cinq shillings par semaine (payables d'avance) une chambre de moyenne grandeur, munie d'un grand lit de chêne et d'une chaise, d'une table, d'un encrier, d'une vieille plume d'oie, d'une bible et des œuvres de feu **M.** William Porter, son mari, en son vivant ministre du saint Évangile.

» La bible était en outre enrichie des notes manuscrites du révérend Porter, et la vieille dame, jugeant à mon costume de mes opinions religieuses, fit valoir non sans un certain orgueil que je pourrais joindre les pieux commentaires du révérend à ceux que ma propre piété ne manquerait pas de me suggérer.

» J'essayai vainement de lui rendre sa bible en assurant que je ne voulais pas l'en priver. Elle tint bon et, même comme j'insistais, elle finit par douter un peu de la pureté de ma foi... Ce que voyant, de peur d'être signalé, je me hâtai d'accepter.

» Puis je pris congé de ces dames et j'entrai dans ma chambre, dont la fenêtre s'ouvrait au premier étage sur le port.

» Enfin j'étais dans la place et, grâce à mon déguisement, j'inspirais aux dames une confiance absolue. Or, comme tu sais, ami Montluc, quiconque a la confiance est maître du monde.

» Mais quel parti allais-je tirer de ce premier succès? Comment voir Athénaïs et Lucy? Comment m'informer d'elles sans exciter le soupçon? Comment être soupçonné sans me faire reconnaître presque aussitôt? Comment enfin être reconnu sans avoir la tête coupée, suivant l'ordre du Parlement anglais?

» Pendant que je faisais ces réflexions et surtout pendant que je rêvais au moyen de voir M^{lle} Athénaïs, la porte de ma chambre s'ouvrit doucement et miss Angélina parut, fit trois pas en avant d'un air pressé, puis m'aperçut ou fit semblant de s'apercevoir que j'étais là, et recula encore de trois pas comme une biche effarouchée.

» Tu connais assez la politesse de Donald O'Brian, fils unique et légitime héritier du dernier comte de Kildare, et ton meilleur ami, pour deviner que je me levai avec les marques du plus profond respect.

» Je demandai même ce qui me valait l'honneur d'une telle visite. A quoi la jeune miss Angélina répondit tout uniment qu'elle était venue chercher son parapluie.

» A ces mots, je me mis à chercher, elle chercha aussi, et de peur qu'elle ne fût enrhumée par quelque courant d'air, je fermai la porte avec soin.

» Mais l'inspection de la chambre fut bientôt faite, car il n'y avait que trois meubles : un lit, une table à tiroirs, une chaise et quelques rayons vides où je pouvais mettre des livres. Miss Angélina s'en allait donc assez lentement et jetait du côté de la fenêtre un regard de regret, lorsque j'eus l'idée ingénieuse et féconde de lui demander à quoi devait servir son parapluie. Voulait-elle sortir par un brouillard si épais qu'on aurait pu le découper à coups de sabre?

» Elle répondit en riant (pourquoi riait-elle, à moins que ce ne fût pour montrer ses dents blanches?) que le brouillard allait se dissiper dans une demi-heure, que la pluie le remplacerait (heureux pays!), qu'on pourrait aller à la promenade sur le port voir entrer la flotte de transport anglaise qui apportait six mille hommes et assister au débarquement des troupes.

» A ces mots, je fus bien surpris. Six mille Anglais! Que viennent-ils faire à Boston ?

— Achever la conquête du Canada.

— Depuis quand arrivés en vue du port?

— Depuis la veille. Le brouillard seul avait retardé le débarquement. »

» Et alors, question par question, je me fis raconter l'expédition que sir Robert Carroll avait faite dans le lac Erié, la destruction de la Tour-Montluc et tous les malheurs que tu connais déjà. Après quoi, d'un air négligent, je demandai s'il n'y avait pas de prisonniers.

« Il n'y en a pas, me dit la demoiselle, les sauvages ayant tout tué et les Anglais ayant laissé faire ; mais sir Robert Carroll avait emmené deux prisonnières. »

» Cette fois je touchais au port. Je me fis faire la description des deux prisonnières. C'étaient bien celles que je cherchais.

« L'une des deux est Française, dit miss Angélina en retroussant ses lèvres pour montrer son dédain. C'est la fille du baron de Montluc, un vieil Amalécite, un vieux scélérat comparable à Jéhu qui poursuivait à coups de sabre les vrais enfants d'Israël. L'autre est Anglaise, miss Lucy Carroll, la propre cousine du gouverneur du Massachusetts. »

» Je demandai avec la même négligence et pour connaître l'avis de miss Angélina :

« Sont-elles jolies? »

» A quoi elle répliqua d'un air choqué :

« Je n'en sais rien. Je ne les ai pas regardées. »

» Et elle m'examina d'un air soupçonneux.

» Je vis bien que j'avais fait une sottise et je me hâtai de la réparer en disant que Dieu avait permis quelquefois...

» Je ne sais pas comment ma phrase allait finir, car miss Porter me coupa brusquement la parole et demanda si je n'étais pas Irlandais par hasard.

» Cette question faillit me désarçonner. Cependant je répliquai avec sang-froid.

« Oui, miss Angélina. A quoi l'avez-vous reconnu ?

— A votre accent. »

» Maudite découverte ! Maudit accent irlandais, qui pourtant vaut bien le sien, car elle parle du nez !

» Je me hâtai d'ajouter que j'avais déjà beaucoup souffert pour la vraie foi.

« Où donc ? demanda-t-elle avec intérêt.

— Au siége de Londonderry, en Irlande. »

» En cela, je ne mentais pas, car la foi d'un Kildare est la foi catholique, et quant au siége de Londonderry, j'y étais et j'ai manqué trois fois d'y périr, — deux fois sous les balles des puritains, une fois dans le lac Foyle, où ma barque fut coulée d'un coup de canon pendant que j'essayais de traverser à la tête de mes hommes. Malheureusement je n'étais pas du même bord que les amis de miss Angélina, mais peut-être en temps de guerre est-il permis de dire une chose vraie en la présentant de façon que ceux à qui vous parlez lui donnent un sens opposé à son sens véritable.

» Oui, vraiment, personne ne m'aurait blâmé d'avoir fait ce léger détour.

» Au reste, ma réponse, comme tu vas voir, eut le plus grand succès du monde et me valut l'amitié de miss Angélina, et même quelque chose de plus.

» La jeune miss Porter, comme la plupart des dames, aimait beaucoup les récits de batailles et d'aventures tragiques. Elle me pria donc de lui raconter ce qui s'était passé dans le siège fameux, où les Jacobites avaient été traités par les enfants du vrai Dieu comme les Assyriens de Sennachérib le furent par l'ange exterminateur.

» Tu devines comme j'étais content de nous voir comparer aux païens de Sennacherib ; mais enfin il y a dans la vie des couleuvres qu'il faut avaler, et j'avalai celle-là sans broncher.

» Je fis plus. Je l'avalai de bonne grâce.

» Sans dire aucun mal de nos amis, excepté du roi Jacques, que je traitai comme il le méritait, c'est-à-dire comme un pauvre sire qu'on ne voyait jamais à la bataille, — je vantai le courage de ces coquins d'habitants de Londonderry ; et, ma foi, je ne mentais pas, car ces bourgeois qui n'avaient jamais vu la guerre se battirent comme des gentilhommes qui auraient servi trente ans sous le roi Gustave-Adolphe ou sous le grand Condé.

» Je vantai surtout le révérend Walker, qui nous avait donné bien du fil à retordre pendant le siège, et je m'amusai à le peindre tel qu'il était en effet, la salade en tête, le pistolet dans une main, l'épée dans l'autre, haranguant, faisant feu, combattant sur la brèche, prêtre et général tout ensemble…

« Ah! dit miss Angelina en poussant un soupir d'admiration et d'envie, comme on serait heureuse d'avoir pour mari un si grand ministre et un si brave soldat ! »

» En même temps elle aperçut une paire de pistolets dont je m'étais muni par précaution avant d'entrer dans Boston, et me demanda si ce n'étaient pas ceux avec lesquels j'avais combattu au siège de Londonderry.

« En effet, c'étaient ceux-là. »

» Je crois qu'à partir de ce moment j'ai passé à ses yeux pour un héros. Qu'elle en croie ce qu'elle voudra, le mal n'est pas grand. Avant tout il faut remplir ma mission.

» Pourtant, comme la pluie avait commencé à dissiper le brouillard, elle fit mine de partir, ajoutant que sa mère, retenue à la maison par des devoirs domestiques et surtout par la nécessité de préparer le souper, ne pourrait pas l'accompagner jusqu'à l'entrée du port.

» Je m'offris avec empressement à remplir l'emploi de la vieille dame, et je suivis miss Angelina de qui j'espérais tirer quelques renseignements précieux.

» Te dire les détails du débarquement ne t'intéresserait guère.

» Les soldats anglais parurent, bien habillés, bien fourbis, bien nourris, bien harnachés comme toujours, et descendirent à terre dans le meilleur ordre, au son des tambours et des trompettes. Les Bostoniens et les Bostoniennes poussèrent des hourrahs retentissants. Enfin le gouverneur du Massachusetts, sir Robert Carroll lui-même, parut à son tour pour recevoir ses hôtes et emmener les officiers dans sa maison où les attendait un grand festin. Les soldats et les sous-officiers furent dispersés chez les habitants en attendant que leur campement à moitié construit hors de la ville fût tout à fait préparé. J'appris en même temps que la flotte de transport et la flotte de guerre qui l'escortait allaient reprendre la mer dès le lendemain, car on avait reçu la nouvelle (c'est un bourgeois de Boston qui me le dit) que le fameux Louis de Montluc, surnommé Montluc le Rouge (toi-même, cher ami), croisait en ce moment entre l'océan Atlantique et la mer des Antilles et préparait un coup de main sur la

Jamaïque ou sur Charlestown et Baltimore. Je demandais, d'un air dédaigneux qui t'aurait bien fait rire, quel était ce Montluc le Rouge dont je n'avais jamais entendu parler. A quoi le Bostonien répliqua que j'étais nouveau sans doute sur le continent américain, puisque je ne connaissais pas ce Philistin, ce Gabaonite, cet Amalécite, cet Ammonite, ce fils du diable, ce scélérat, ce brigand, ce... Il te couvrit de plus de noms, d'épithètes et d'injures qu'un avocat n'en pourrait dire en trois quarts d'heure sans s'arrêter pour boire un verre de vin ou prendre une prise de tabac... Aux injures je jugeai de la frayeur que tu causes à tous ces hérétiques.

» Je me fis donner quelques détails sur tes projets et je reconnus que le gouverneur de Québec avait bien tenu sa promesse et fait répandre les bruits les plus absurdes et les plus alarmants sur toute la côte de l'océan Atlantique. Il paraît (au rapport du bon bourgeois de Boston) que tu as résolu d'égorger, piller, brûler, massacrer, exterminer tout ce qui porte un nom anglais dans ce pays-là... Et ce qu'il y a de terrible, — toujours au dire du bourgeois, — c'est que toutes tes entreprises sont accompagnées d'un bonheur et d'un succès déplorables pour les enfants d'Israël.

« Heureusement, ajouta-t-il, l'Éternel qui veille sur les justes avait permis que tu fusses frappé à ton tour dans tes plus chères affections. »

» En même temps il me raconta la prise de la Tour-Montluc et la captivité d'Athénaïs et de Lucy. Là, miss Angelina Porter fut séparée de moi par la foule.

» J'en profitai pour interroger le bon bourgeois de Boston, qui me donna des détails que tu vas lire et qui t'intéresseront, j'en suis sûr.

« La plus jeune et la plus jolie des deux demoiselles... »

» (Mais, auparavant, excuse ce que je vais te rapporter. Ton amour-propre de frère en sera peut-être plus flatté que ton orgueil de fiancé.)

« ... C'est M<sup>lle</sup> Athénaïs de Montluc. Elle est si belle que, toutes les fois qu'elle se montre au balcon, on s'assemble pour la regarder.

— Et elle, que fait-elle alors?

— Ah! monsieur, elle rit, elle regarde tous ces gentlemen comme s'ils lui appartenaient et n'avaient été mis au monde que pour satisfaire ou devancer toutes ses fantaisies... Tenez, l'autre jour, elle a été cause d'un scandale abominable.

— Oh! oh!

— Oui, monsieur, abominable !... C'était un dimanche. Vous savez que, grâce à Dieu, le jour du Seigneur est observé avec un soin religieux parmi nous..... Eh bien, vers cinq heures du soir, ayant eu la fantaisie de se mettre au balcon, elle vit arriver dix ou douze officiers de la garnison, parmi lesquels le colonel sir John Percy, fils aîné et futur héritier du duc de Northumberland, qui sera quelque jour duc, pair d'Angleterre et l'un des plus grands seigneurs de l'Europe et de l'Amérique.

» Sir John, qui est un brillant gentilhomme de vingt-cinq ans, bon cavalier et joli garçon, vint caracoler sous le balcon avec ces grâces que l'on admire à Londres et à Versailles.

» Il vint donc caracoler et salua les dames d'abord, c'est-à-dire M<sup>lle</sup> Athénaïs de Montluc, puis lady Carroll, la mère du gouverneur du Massachusetts, puis le gouverneur lui-même, puis miss Lucy Carroll, « chacun suivant

son rang et son mérite », comme| il disait lui-même en
riant.

» Sir Robert Carroll n'osa pas se fâcher et fit semblant
de rire ; au fond, il était indigné de l'affront qu'on faisait à
sa mère et à lui-même. Mais comment se brouiller avec le
futur duc de Northumberland qui, grâce au crédit de son
père, pourrait le faire révoquer avant trois mois ?

» Mais le colonel Maccarthy se fâcha, lui ; Maccarthy est
cousin des Douglas d'Écosse et descendant de Douglas le
Noir qui fut toujours l'ennemi des Percy. Maccarthy est un
bel homme de six pieds six pouces anglais [1] qui com-
mande au 1er régiment des Highlanders, et qui se vante de
n'avoir pas son pareil dans la lutte corps à corps et au
sabre.

» Il déclara tout haut devant les dames que le colonel
Percy n'avait ni goût, ni bon sens, ni quoi que ce soit de
sage et de bien ordonné dans la cervelle... puisqu'il présen-
tait ses civilités en premier lieu à une dame française et
ensuite aux dames anglaises.

» A quoi Percy répliqua qu'il avait dans son petit doigt
plus de bon sens que tous les descendants de Douglas le
Noir ensemble et que Maccarthy en particulier, qui, n'ayant
jamais rien vu, ne pouvait se connaître en grâce et en
beauté.

» D'une parole à l'autre on arriva aux défis, et le petit-fils
de Douglas le Noir offrit de soutenir son dire par l'épée et
le poignard en champ clos, comme un paladin.

» Les deux dames, qui du haut du balcon du gouverneur
voyaient et entendaient la querelle, furent prises pour juges,

---

1. Cinq pieds onze pouces, ancienne mesure française.

et déclarèrent en riant qu'elles seraient bien aises de voir décider la question par le fer.

» On prit jour pour le lendemain, et la ville de Boston tout entière voulut être témoin de ce duel.

» Oui, monsieur, reprit avéc indignation le bourgeois, notre ville, jusqu'ici le sanctuaire des bonnes mœurs et qui n'a jamais donné que de bons exemples à toutes les villes de la Nouvelle-Angleterre, aurait vu cet abominable scandale d'un duel défendu par toutes les lois divines et humaines... et pour deux étrangères.

» Le lendemain, à neuf heures du matin, les deux régiments de Percy et de Maccarthy faisaient la haie, et plus de six mille personnes étaient venues sur le champ de bataille; mais dans la nuit tous les membres du consistoire s'étaient heureusement réunis, avaient adressé une pétition au gouverneur et obtenu que le marshall du Massachusetts vînt arrêter le combat et les combattants, au moment même où ils tiraient l'épée.

» On les conduisit en prison, et ils ne furent relâchés qu'en prêtant serment de ne jamais croiser le fer sur le territoire du Massachusetts.

» Vous croyez peut-être que l'affaire est terminée? Point du tout. Maccarthy, qui est orgueilleux et entêté comme un Écossais, a juré qu'il retrouverait Percy tôt ou tard, en Angleterre ou en Amérique. Percy, à son tour, a promis de couper les oreilles à Maccarthy. Les deux régiments ont embrassé la querelle de leurs chefs, de sorte que, pour empêcher une bataille générale dans les rues de Boston, sir Robert Carroll a renvoyé le colonel Maccarthy et son régiment sur la frontière du Vermont que ces maudits Français menacent d'envahir.

» Voilà, monsieur, conclut le Bostonien, comment la corruption s'infiltre peu à peu parmi nous. »

» Et, là-dessus, il me parla avec chaleur et véhémence d'une nouvelle secte qui n'était guère moins à craindre. Je fus de son avis plus que lui-même et je tonnai contre ces malheureux, comme si j'avais su ce qu'ils pensaient ou ce qu'ils faisaient. Avec ma tête ronde, mes cheveux coupés courts, mon air et mes discours, je t'aurais défié de me reconnaître.

» Mais je ne pouvais pas perdre mon temps à écouter les discours du bonhomme, quelque édifiants qu'ils pussent être. J'étais venu pour voir de plus près Athénaïs et Lucy, et je voulais les voir à tout prix.

» Tout à coup, comme pris d'une inspiration subite, je quitte mon Bostonien, je m'écrie que tous ces scandales vont avoir un terme, et je prends ma course vers la maison du gouverneur, sir Robert Carroll, sans que rien puisse me retenir.

» On se mettait à table juste à ce moment-là, car les officiers nouvellement arrivés d'Angleterre étaient invités à souper chez le gouverneur. Je jugeai le moment favorable pour mon entreprise et j'essayai d'entrer.

» Deux factionnaires qu'on avait mis devant la porte veulent m'écarter. J'insiste. L'un d'eux m'allonge un coup de crosse que j'évite très-habilement. L'autre m'envoie un coup de baïonnette qui ne frappe que le vide. Je recule comme de raison, je m'écrie, je monte sur un banc, j'appelle les passants. Je les prends tous à témoin du mauvais traitement qu'on me fait subir, je vocifère à tort et à travers; enfin, à force de crier, voilà que les passants qui s'étaient amassés peu à peu (c'est la coutume de prêcher en plein air dans les rues de Boston), voilà, dis-je, que les passants prennent mon parti, s'ameutent, poussent des cris, commencent à jeter des pierres... enfin mon succès était complet.

» Si complet, qu'il faillit dépasser la mesure et que je risquai fort d'être mis en prison.

» Sir Robert Carroll, qui d'abord n'avait rien entendu de tout ce tapage ou qui feignait de ne rien entendre, jugea pourtant à la première pierre que les Bostoniens jetèrent dans les vitres (dont une fut brisée) que le jeu devenait sérieux.

» Il se leva de table, suivi des officiers ses convives, s'avança sur le balcon et demanda d'un air sévère d'où venait cette émeute.

» Les bons bourgeois de Boston et surtout celui qui avait lancé la pierre auraient été fort embarrassés de répondre à cette question. Ils gardèrent donc le silence.

» J'en profitai pour expliquer que j'étais un missionnaire presbytérien qui venait d'évangéliser les Peaux-Rouges et qui désirait exposer ses doctrines devant le gouverneur et lui rendre compte de ses aventures.

» Sir Robert Carroll, sans attendre la fin de mes explications, étendit la main et donna l'ordre aux soldats du poste de m'arrêter sur-le-champ et de me conduire en prison; et, ma foi, son ordre allait être exécuté, si par bonheur Mlle de Montluc et miss Lucy qui assistaient au festin n'avaient paru en même temps sur le balcon, attirées par les cris affreux que je poussais sans relâche depuis un quart d'heure.

» Il était temps, je n'en pouvais plus. J'avais presque perdu la parole.

» Mlle Athénaïs ne m'avait pas tout à fait reconnu, à ce

que j'ai su depuis, mais le son de ma voix l'avait frappée ;
d'ailleurs le bruit de l'émeute et l'espérance de voir un
spectacle nouveau l'amenèrent sur le balcon.

» Quand elle entendit donner l'ordre de me mettre en prison, elle me regarda plus attentivement et, par bonté, pria
sir Robert Carroll de me laisser libre. Miss Lucy joignit ses
prières à celles de sa sœur, et toutes deux ajoutèrent qu'on
ferait mieux de m'appeler, que l'exposition de mes doctrines et le récit de mes aventures les intéresseraient.

» Sir Carroll hésitait.

» Alors M$^{lle}$ de Montluc demanda d'où je venais.

» J'entendis la question et je commençai un long récit de
mes soi-disant aventures au pays des sauvages.

» Plus je parlais, plus la lumière se faisait dans l'esprit de
M$^{lle}$ de Montluc. A la fin, je vis qu'elle m'avait reconnu.
Elle éclata d'un fou rire, que mon déguisement rendait
assez naturel, et dit quelques mots à l'oreille de miss
Lucy, qui eut la bonté de rire aussi de toutes ses forces.

» Toutes deux demandèrent qu'on me fît monter dans la
salle à manger. Lucy insista surtout. Sir Robert Carroll,
son cousin, qui fait tous ses efforts pour lui plaire, obéit, et
je fis mon entrée dans la salle à manger au milieu de la
gaieté de tous les convives.

» Quant à moi, sérieux et grave, j'allais me placer
au bas bout de la table, mais M$^{lle}$ de Montluc voulut
m'avoir auprès d'elle, et je vis avec plaisir qu'elle faisait
reculer pour moi le couvert d'un jeune gentilhomme dont
j'appris bientôt le nom. C'était le colonel Percy. Il résista
d'abord.

« Je le veux, dit M$^{lle}$ de Montluc, je veux voir de plus
près ce missionnaire. »

» Il fallut céder et le beau Percy recula sa chaise en grom-melant je ne sais quoi de furieux contre les caprices des dames et contre moi. Alors, pour achever sa déroute, je lui dis avec gravité que les injures d'un Percy ne pouvaient offenser une des plus humbles créatures du Seigneur.

» A ces mots, tous les convives applaudirent. Un des officiers dit :

« Percy, mon cher, ne vous frottez pas à lui. »

» Un autre cria : « Bravo, monsieur le ministre! »

» Lady Carroll, voyant que les têtes s'échauffaient et que le souper touchait à sa fin, fit signe à miss Lucy Carroll, sa nièce, et à M$^{lle}$ de Montluc de se lever et de la suivre dans le salon réservé aux dames.

» J'allais me lever aussi, derrière elles, mais Sir Robert Carroll me retint pour boire avec les autres gentlemen.

« Drôle de gentleman! dit le colonel Percy à demi-voix. C'est quelqu'un de ces whigs, de ces têtes-rondes, que le vieux coquin d'Olivier Cromwell traînait à sa suite. »

» Je répliquai : « Frère, tu n'as pas tort. »

» Et alors je débitai mon histoire du siège de London-derry.

» Ce fut un long récit. Je n'épargnai aucun détail. Je répondis à toutes les questions. Je racontai que j'avais mangé des chiens, des chats, des rats, des trognons de choux, que j'avais jeûné souvent deux ou trois jours de suite. Je parlai de l'ineptie et de la lâcheté du roi Jacques, qui n'étaient que trop véritables, je vantai le courage des puritains. Je fis l'éloge des nôtres tout en les invectivant. Enfin tout le monde eut sa part.

» Après quoi Sir Robert Carroll me demanda d'où je venais et par quel chemin j'étais entré dans Boston.

» La question était embarrassante. Je répondis cependant avec assurance que, m'étant embarqué sur un navire
marchand de Liverpool qui allait faire la contrebande sur
la côte du Mexique, j'avais été fait prisonnier par un
corsaire français du nom de Gandar, qui croisait dans la
mer des Antilles, qu'il avait embarqué notre équipage et
les passagers sur une grande chaloupe munie de vivres
et de provisions, et nous avait abandonnés sur les côtes de
la Floride, que la fièvre jaune, les serpents, les alligators,
la misère avaient emporté la plupart de mes compagnons,
mais que, poursuivant toujours mon dessein de convertir
les Peaux-Rouges à la vraie foi, j'avais traversé la Géorgie,
le Maryland, les deux Carolines, la Pensylvanie, le New-
Jersey, le New-York, errant au hasard tantôt vers le nord,
tantôt vers le sud, et qu'enfin je touchais au port, c'est-à-
dire à Boston, la grande capitale de la Nouvelle-Angleterre...

» On me demanda si les Français avaient paru sur la côte
des États du Sud.

» Je dis qu'on s'attendait à les voir d'un instant à l'autre
bombarder Charlestown et attaquer la Jamaïque, qu'on
parlait d'une expédition préparée par M. de Frontenac,
gouverneur de Québec, et de renforts venus de France.

» A mon tour, je me plaignis qu'on abandonnât les enfants
de la Nouvelle-Angleterre aux Philistins. Je parlai, je
montrai un zèle ardent pour la guerre, j'offris mes conseils
militaires et mon expérience à Sir Robert Carroll, je blâmai
le vain luxe de ces gentlemen qui m'écoutaient, vêtus
d'habits dorés et brodés sur toutes les coutures, j'offris de
leur expliquer ce qui distinguait la vraie foi.

» Ici on se leva pour me couper la parole, tant je m'étais

rendu insupportable par mon éloquence à tous les assistants, et j'eus le plaisir de voir un domestique de lady Carroll entrer dans la salle et me prier de la part de cette dame respectable de venir haranguer les deux demoiselles, qui témoignaient un vif désir de m'entendre.

» Je le suivis avec empressement et je fus suivi à mon tour de tout l'état-major, excepté quatre gentlemen d'un grade élevé qui, sans perdre leur temps à m'écouter, avaient vidé un nombre respectable de bouteilles de claret, de sherry, de porto, de brandy et restaient couchés sous la table, d'où on les retira pour les transporter dans leurs lits par ordre du gouverneur.

» Je fis d'abord mine de prêcher dans la salle à manger, comme j'avais fait au salon ; mais, grâce à M$^{lle}$ de Montluc, je quittai bientôt ce ton pour raconter à mots couverts tes aventures et les miennes, notre retour au Canada et l'espérance que nous avions de la délivrer bientôt en même temps que miss Lucy. Le colonel Percy essaya de déranger notre conversation, mais M$^{lle}$ de Montluc reçut si froidement toutes ses tentatives qu'il fut forcé de nous laisser causer à part pendant un instant.

» Elle me raconta à voix basse les projets de Sir Robert Carrol qui voulait à toute force épouser miss Lucy, la menace qu'il faisait de la conduire en Angleterre, l'invasion prochaine du Canada, la querelle du colonel Percy et du colonel Maccarthy, l'ennuyeuse vie qu'on mène à Boston, mille choses enfin que nous aurons plaisir à nous rappeler à la Tour-Montluc, quand nous serons de retour au coin du foyer.

» A la fin, Percy, n'y tenant plus, s'approcha et lui dit :

Je commençai mon discours.

« Mademoiselle, avez-vous assez entendu parler ce ministre! »

» Elle répondit en riant : « Oui, colonel, assez.

— Vous a-t-il touchée?

— Pas encore, mais bientôt... j'ai besoin de l'entendre
encore. »

» Et comme il se retirait, elle ajouta :

« Vous pouvez rester, sir John. Vous profiterez comme
moi de ce qu'il dira. »

» Il fit une terrible grimace.

» Alors Lady Carroll s'approcha, et la conversation
devint générale et tout à fait mondaine. Comme j'avais dit
à peu près tout ce que je pouvais dire et que mon imagina-
tion allait s'épuiser, je me retirai d'un air grave et puri-
tain qui me fit le plus grand honneur aux yeux de l'assemblée.

» Le soir même, en rentrant, je reçus la clef de ma
chambre des mains de miss Angelina Porter, qui me
demanda en souriant si j'avais été satisfait ou scandalisé
du festin du gouverneur Carroll.

» Je répondis que j'étais scandalisé.

» Si les deux étrangères étaient aussi belles qu'on le disait.

» Les deux demoiselles ne peuvent pas être belles.

» Si je comptais faire un long séjour à Boston.

» Aussi longtemps que je le pourrais.

» Après ces questions et ces réponses, je saluai respectueusement miss Porter et je rentrai dans ma chambre,
harassé de fatigue et de vaines paroles.

» Les jours suivants je parcourus la ville et la campagne
environnante. Je regardai les fortifications, je regardai
passer en revue les troupes anglaises et la milice, et j'eus le

plaisir d'apprendre que la flotte qui avait transporté les troupes d'Angleterre à Boston venait de mettre à la voile pour aller à la rencontre d'une flotte française qui menaçait la Jamaïque.

» Presque en même temps on reçut la nouvelle de ton arrivée à la Tour-Montluc, de la défaite et de la mort de Sir John Arbuthnot, de l'alliance que tu venais de conclure avec toutes les tribus sauvages du Canada, de la Nouvelle-Angleterre et de la Nouvelle-York. On dit que tu allais te diriger sur Boston ou peut-être sur la Pensylvanie, et la frayeur se répandit partout.

» Déjà les Abénaquis sont en campagne, et suivant leur coutume, mettent à mort tous les colons de la Nouvelle-Angleterre. Chacun rentre dans la ville avec sa femme, ses enfants et ses bestiaux. Boston qui n'a pas plus de six mille habitants en temps ordinaire en contient aujourd'hui vingt mille.

» Quant à moi, je suis devenu populaire, je me suis fait un parti puissant dans la ville par mes discours. Sir Robert Carroll prend mes conseils en toute circonstance, quoique au fond du cœur il me donne cent fois par jour au diable. Mais il n'ose pas déplaire aux Bostoniens. Mistress Porter, qui a du crédit dans le pays, vante son locataire. Les jeunes demoiselles à marier, ayant appris de moi-même que je suis encore garçon, me regardent d'un œil favorable...

» Hier enfin, miss Angélina, au bout d'une longue conversation sur le mariage dans laquelle j'avais dit et entendu les choses les plus édifiantes, laissa échapper devant sa mère qu'elle avait renoncé définitivement à M. Kronmark, qui lui avait offert sa main un an auparavant.

« Tu l'avais pourtant accepté, dit la mère.

— Eh bien, j'ai changé d'avis, répliqua miss Angelina d'un air dédaigneux.

— Mais pourquoi ?

— D'abord il a été scalpé par les Indiens il y a six mois, et ce n'est pas beau, un mari scalpé ; ensuite... »

» A ces mots de « scalpé » et ce « Kronmark » je me rappelai cet Allemand que Pied-de-Cerf scalpa sous tes yeux à Catarocouy pour le récompenser d'avoir excité les Algonquins contre nous, et je demandai en cachant mon inquiétude s'il était à Boston.

« Il va revenir dans cinq jours, dit mistress Porter. C'est l'homme de confiance de sir Robert Carroll. »

» Je ne demandai pas d'autre détail.

» Si l'homme revient, il me reconnaîtra. S'il me reconnaît, j'aurai la tête coupée. Je serais bien sot de l'attendre.

» Et cependant il ne tient qu'à moi, je le vois bien, de conduire à sa place miss Angelina à l'autel. La mère et la fille m'ont fait mille insinuations flatteuses. Je crois que miss Angelina ne serait pas fâchée de m'avoir pour mari. Cela lui donnerait de l'autorité parmi les autres dames de Boston.

» Voilà, mon cher Montluc, à quel point nous en sommes, comme dit le grand Corneille, de l'Académie française.

» Boston est rempli de troupes. Les habitants sont remplis de frayeur. Je suis rempli de bons conseils civils, religieux et militaires que j'offre à tout le monde sans relâche. Sir Robert Carroll ne sait à qui entendre. Miss Lucy et Mlle de Montluc attendent avec impatience ton arrivée. L'armée anglaise attend des ordres et ne sait si elle marchera au nord ou au sud, à l'est ou à l'ouest. Lord John Percy, à qui je ne ménage pas les épithètes, me regarde de travers, mais n'ose me chercher querelle à cause de mon caractère, et moi je cherche soir et matin le moyen d'aller te rejoindre et de revenir ici l'épée à la main.

» Adieu, ami, à bientôt.

» KILDARE. »

Va-t'en, me dit Kildare.

# CHAPITRE VIII

Deux lettres importantes.

A cette lettre qu'apporta secrètement un Indien Mohawk converti par les jésuites de Québec et qui venait de Boston, était joint un plan de la ville, du port et des fortifications avec tous les renseignements que M. de Kildare avait pu se procurer.

Dès le lendemain, Montluc le Rouge donna le signal du départ pour Catarocouy, où les Canadiens sous ses ordres devaient rejoindre les sauvages, ses alliés.

·Presque tous les hommes en état de porter les armes le suivirent. Cinquante seulement restèrent autour du vieux baron Annibal de Montluc, pour empêcher une nouvelle surprise et un retour des Anglais dans le lac Érié.

Je partis moi-même à l'avant-garde avec Montluc le
Rouge ; car ma réputation, grâce au récit des Canadiens,
s'était étendue chez toutes les tribus sauvages, de façon que
je passais, bien malgré moi, pour faire des miracles.
Beaupoil me suivit aussi malgré les prières, les larmes et
les cris de Marion. « Mais, dit-il, je ne veux pas quitter
M. le curé de Gimel, et s'il lui arrive malheur, j'en aurai ma
part. »

Notre principal corps d'armée se composait de cinq cents
Canadiens d'élite, tous robustes et vaillants, chasseurs,
pêcheurs et bûcherons, également habiles à naviguer sur
les lacs, à descendre ou remonter les rivières, à se faire à
coups de hache un chemin dans les forêts, à suivre les
daims à la course et à lutter corps à corps avec les ours.

« Avec mes Canadiens, disait Montluc, je traverserais
l'Amérique du nord au sud et de l'est à l'ouest. »

Leur confiance dans leur chef n'était pas moindre.

Monté sur un magnifique cheval blanc de race normande
et digne de son cavalier, armé d'une carabine en bandou-
lière, d'une paire de pistolets à deux coups et d'une grande
épée, Montluc s'avançait en tête de la colonne, et comme
disait l'Algonquin Pied-de-Cerf, « il semblait être Areskoui,
le dieu de la guerre. »

J'étais à sa droite, et, certes, ma contenance n'avait rien
de belliqueux : aussi convenait-elle à ma profession reli-
gieuse et à mon caractère ; mais j'étais monté aussi sur un
bon bidet de campagne, tranquille et doux, qui faisait
régulièrement deux lieues à l'heure, au petit trot, et me
permettait ainsi de ne pas rester en arrière de l'armée.

Excepté Montluc le Rouge, qui devait ce privilège à son
titre de général, et moi qui le devais à mon titre de prêtre et

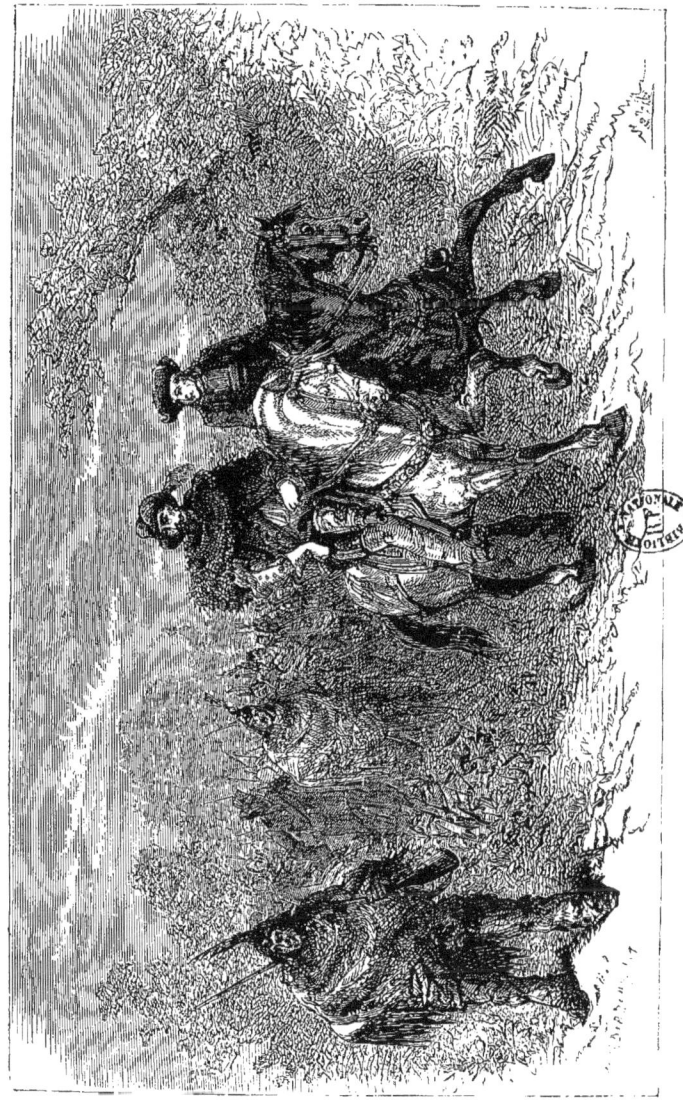

Montluc s'avançait en tête de la colonne.

d'aumônier, tout le monde était à pied, mais nos Canadiens
et les Indiens faisaient de telles enjambées qu'aucune cava-
lerie européenne n'aurait pu les suivre pendant deux jours.

A la gauche de Montluc était son frère Charlot, monté lui
aussi, non sur un cheval, mais sur son élan qui dépassait à
la course les chevaux les plus rapides.

Nous fîmes cent vingt lieues en six jours et nous arrivâmes enfin à Catarocouy, où, le lendemain matin, les sauvages de toutes les tribus alliées se rencontrèrent avec
nous.

Je célébrai une messe solennelle pour invoquer la bénédiction du Seigneur sur notre entreprise. Montluc le Rouge
donna ses ordres, distribua les vivres, les munitions, les
armes, car beaucoup de sauvages n'avaient que des flèches
tout à fait impuissantes contre les balles, et nous allions
partir, lorsqu'un courrier envoyé de Québec apporta deux
lettres, l'une de M. de Frontenac et l'autre de Gandar.

Voici la première :

« Québec, 15 juillet 1697.

» Monsieur de Montluc,

» J'ai appris avec tout le plaisir que vous pouvez conce-
voir la victoire que vous avez remportée sur les Anglais dans
le lac Érié et la délivrance de monsieur votre père. Je
n'attendais pas moins de votre courage et de votre habileté.

» Vous mandez en même temps que vous marchez sur
Boston et de là sur New-York, et, pour dire la vérité, je voudrais que la chose fût faite, car il n'est déjà plus possible de
la faire. Je reçois à l'instant même de M. de Pontchartrain,
ministre de la marine, l'avis que la paix est proche ; qu'elle
peut être conclue d'un jour à l'autre ; que les plénipoten-

tiaires de Ryswick sont convenus presque de tout, et qu'il faut éviter l'effusion du sang. Je ne sais quelles seront les conditions. Probablement on rendra de part et d'autre les prisonniers, et les pays occupés.

» Arrêtez-vous donc si vous avez entrepris quelque chose et gardez-vous de tirer un coup de fusil sur les Anglais. Vous seriez désavoué. Peut-être même vous ferait-on un procès. Vous connaissez Versailles et la malveillance de M. de Pontchartrain.

» Croyez-moi toujours, monsieur de Montluc, votre tout dévoué serviteur et ami.

» FRONTENAC. »

Montluc le Rouge lut la lettre le premier, me la tendit sans rien dire, regarda quelques instants le lac Ontario d'un air de réflexion profonde, et demanda :

« Que pensez-vous de cela, mon cher monsieur le curé ? » Je répondis bonnement :

« Monsieur, rien ne pouvait arriver de plus heureux.

— Vous trouvez ?

— Comme dit M. de Pontchartrain, il faut éviter l'effusion du sang... Pensez donc, monsieur, les Anglais vont être obligés de rendre leurs prisonniers et surtout leurs prisonnières... »

(J'appuyai sur ces derniers mots, pensant à M<sup>lle</sup> Athénaïs et à miss Lucy Carroll.)

« Ils rendront aussi le pays conquis... »

Montluc le Rouge m'interrompit :

« Monsieur, me rendront-ils la maison qu'ils ont brûlée, mes amis qu'ils ont tués ?...

— Mais si le roi fait le paix ?

— Le roi ! le roi ! dit-il avec impatience. Mon père et moi nous avons combattu pour lui ; mais lui, qu'a-t-il jamais fait pour nous ? Il lui plaît de traiter à présent... Il ne me plaît pas à moi. »

Et comme j'étais étonné et presque scandalisé :

« Nous autres Canadiens, dit-il, nous ne dépendons ni des rois ni des ministres. Qui a équipé une flotte pour venir au secours de mon père ? C'est Gandar. Qui a levé une armée pour prendre Boston ? C'est moi, avec l'argent de Gandar. Qui va donner l'assaut ? C'est moi. Qui bloquera le port ? C'est Gandar. »

J'essayai de dire que M. Gandar lui-même étant sujet du roi de France devait obéir aux ordres du ministre.

« Bah ! répliqua Montluc, quand on vit sur mer, qu'on fait sa fortune à la pointe de l'épée, qu'on a vu cent fois le feu, et qu'on n'attend rien du roi, on est libre d'aider ses amis... »

Mais ajouta-t-il d'une voix profonde : « Quand je serais seul avec mes sauvages ou même avec mes Canadiens, je ne lâcherais pas prise... Au reste, la paix n'est pas signée, ou si elle est signée, elle n'est pas ratifiée, et je suis encore libre de tirer l'épée. »

Puis il ouvrit la lettre de Gandar et la lut tout haut pour Charlot et pour moi. La voici :

« En pleine mer, en plein brouillard, sur la côte du Massachusetts.

» 8 juillet 1697.

» Cher ami, des morues, des morues, et encore d'autres morues ; des brouillards, des brouillards et de la pluie, c'est tout ce qu'on voit sur la chienne de mer où je me promène depuis dix jours.

» Il paraît, à ce que disaient les gens du pays, que c'est l'habitude, et qu'on n'a fini de se mouiller ici que quand on gèle, et de manger de la morue salée que quand on mange de la morue fraîche. Tu comprends comme ça fait mon affaire.

» Mais tu m'a dit de croiser devant Boston, et je croise. Tu m'aurais dit de taper sur mes doigts avec un marteau en t'attendant, j'aurais tapé. On est ami, ou l'on n'est pas ami, n'est-ce pas ?

» Pour me distraire, je fais de temps en temps le tour du cap Cod.

» Tu ne connais pas le cap Cod ? Tu as tort.

» C'est le rendez-vous des morues. Elles viennent se promener là comme les dames de Paris vont se promener aux Tuileries ou sur la place Royale. Aussi les pêcheurs de Boston y viennent à leur tour et les prennent par centaines de mille.

» Moi, voyant ça, j'ai fait comme eux, non pas pour prendre des morues, — mon équipage n'en veut plus, il en est malade, — mais pour causer un peu avec les gens de Boston. Ils se sauvent quand ils me voient, mais je cours sur eux, je les rattrape, je leur demande des nouvelles, et comme ça je sais tout ce qu'il faut savoir. C'est souvent intéressant, comme tu vas voir.

» Premièrement, j'ai su qu'un nommé Gandar, de Marseille, croisait dans la mer des Antilles avec une flotte, pour prendre la Jamaïque, où le rhum est à bon marché.

» Tu comprends ; cette nouvelle m'a fait rire. On est toujours content d'apprendre du nouveau.

» Secondement, j'ai appris qu'une grande flotte anglaise courait à sa poursuite à trois cents lieues d'ici.

» Ça aussi, ça m'a réjoui.

» Troisièmement, mais là il n'y avait plus de quoi rire, on m'a raconté une histoire de notre ami Kildare, et cette fois j'ai dressé l'oreille.

» Il paraît que Kildare est entré dans Boston comme il avait promis, qu'il a vu M^{lle} de Montluc et miss Lucy, lorsque tout à coup, sur un soupçon, les gens de Boston l'ont mis en prison pour le pendre après, comme c'est la coutume du pays. J'ai demandé pourquoi. On m'a répondu que c'était un officier irlandais au service de France, tout ce que tu sais enfin, qu'il avait été reconnu par un nommé Kronmark et dénoncé au gouverneur, qu'on l'avait saisi pendant qu'il dormait, qu'il avait tué un homme à coups de pistolet en se défendant, et qu'on le jugerait le jour même en conseil de guerre.

» Le patron de pêche qui me racontait tout cela était même pressé de rentrer au port, afin d'assister au procès et ensuite de voir pendre notre ami.

» Tu penses que je n'avais plus envie de rire. Je dis au Bostonien :

« A quelle heure doit-on le juger ?

— Ce soir, à cinq heures. Et il sera pendu demain matin. »

» Je pensais en moi-même : Pendu ! pendu ! Pas possible !

» Et je cherche un moyen de couper la corde.

» Il était à peu près midi, j'étais à trois lieues de Boston. Je fais mon calcul et je demande au pêcheur :

« Combien faut-il de temps pour aller d'ici à la ville ? »

» Il me répond :

« Pour moi, quatre heures. Mais vous vous n'y arriverez

jamais ; il y a deux forts armés de trente canons chacun, six mille hommes de troupes régulières et deux mille miliciens. »

» Je lui dis :

« Mon garçon, tu connais la morue, mais tu ne connais pas le capitaine Gandar, de Marseille. Donne-moi tes habits. »

» Il fait des façons. Je le fais déshabiller, lui et son équipage de pêcheurs, en lui donnant des habits, bien entendu, car il ne faisait pas chaud. J'habille dix de mes hommes en pêcheurs de morue, je cache leurs pistolets dans leurs poches, je fais garder mes prisonniers à bord avec ordre de les bien traiter et de ne pas les lâcher jusqu'à mon retour, et je prends la route de Boston, où j'arrive vers sept heures du soir. Les forts, voyant passer un bateau de pêche comme à l'ordinaire, n'avaient pas tiré un seul coup de canon. D'un boulet ils m'auraient coulé à fond.

» Tu vas voir la suite de l'histoire, et si Gandar de Marseille est un propre à rien, ou s'il fait honneur à sa patrie et rend service à ses amis.

» Par bonheur il pleuvait ce soir-là comme au temps du déluge, et nous ne trouvâmes personne sur le port. Nous débarquâmes au hasard des tas de morues dont nous ne savions que faire, et je demandai à un bourgeois qui passait le chemin du conseil de guerre.

» L'autre, pressé de souper, me montra de la main un grand bâtiment et me dit :

« C'est là-bas, dans la maison de sir Robert Carroll, le gouverneur, à deux cents pas d'ici. »

» Là-dessus, sans attendre davantage, nous allons par deux, par trois, mes hommes et moi, rompant le pas de peur d'être remarqués, à dix, douze, vingt pas de distance, jusqu'à la maison désignée. Nous avions les mains dans nos poches, et dans chaque main un pistolet, et à côté du pistolet un flacon de bonne eau-de-vie de France. Tu comprends, quand on veut bien faire, il faut se réchauffer le cœur.

» Avant d'entrer, je dis à mes hommes : « Mes amis, vous savez de quoi il retourne pour vous, pour moi et pour celui qui est là-dedans?... De vie et de mort, pas davantage. Vous, Marseillais, excepté ceux qui sont Basques (mais alors, à force de mérite ils ont obtenu de passer Marseillais), vous ne savez pas le premier mot du patois de ce pays... »

» Alors l'un d'eux me dit :

« Vous vous trompez, capitaine. Je sais dire : *Goddam!* »

» Je le fixe. Je lui réplique :

« Et après?

— Eh bien, après!... Goddam! goddam!! goddam!!! goddam!!!! »

» A chaque coup il criait d'un cran plus fort... Que ça commençait à retentir sur la place et à scandaliser un chacun...

» Pour lors je lui rétorque :

« Tais-toi, Burlaran, tu n'es qu'une bête! on ne vient par jurer comme ça dans la bonne société... »

» Il me reprend :

« C'est pas de la bonne société, puisque c'est des ennemis. »

» Pour lors, la moutarde me monte au nez de me voir contredit, et je lui rétorque encore plus fort :

« Ça seraient des Peaux-Rouges qu'il faudrait se conduire avec eux comme si c'étaient des chrétiens... Entends-tu,

Burlaran? ça ne jure jamais, ces gens-là, et dire Goddam!
c'est jurer, et si tu dis Goddam! ça te fera reconnaître, et
nous avec toi, et nous serons tous pris comme les poissons
dans la nasse, et tu seras pendu, Burlaran, pendu, pendu,
pendu! Comprends-tu maintenant? »

» Il a compris.

» J'ai ajouté :

« Vous autres, si la langue vous démange, pas un mot
de français au moins! Ou plutôt laissez-moi faire. Je sais
toutes les langues de l'univers, depuis le provençal, qui est
la plus belle, jusqu'au chinois, qui est la plus courte. C'est
moi qui répondrai pour tous. »

» Voilà donc, c'est convenu. Nous entrons alors dans
la salle qui était pleine de monde.

» Au fond, tout au fond, je vois trois gentlemen habillés
de robes noires et coiffés de perruques blanches comme des
notaires. Je demande à mon voisin, un grand diable maigre
et long comme une carabine de six pieds :

« Qu'est-ce que c'est que ça? »

» Lui me regarde de travers à cause de mon accent
marseillais qui se voyait sous mon anglais. Il me répond :

« Ça, c'est la cour du comté.

— C'est la cour du comté, que je lui rétorque. Eh bien,
n'empêche que c'est des beaux hommes. Dans mon pays,
ça s'appelle des juges, des gens de robe. »

» Voilà qu'il me redemande :

« Qu'est-ce que c'est que ton pays? »

» Je me mords la langue... J'avais pensé dire une bêtise
qui aurait fait honte à toute la famille des Gandar. Je me
reprends :

« Mon pays, té, tu ne le connais pas? Je ne te l'ai donc

pas dit?... Eh bien, j'ai eu tort. C'est Cadix, la perle de l'Andalousie, mon cher; la Marseille de l'Espagne, mon bon ami. »

» Ça le calme un peu. Il comprend bien que quand on est de Cadix on doit avoir l'accent de Marseille. C'est naturel, ça, n'est-ce pas? Marseille, c'est sur la Méditerranée; Cadix, c'est sur l'Océan... On dirait deux sœurs qui ont leurs boutiques à côté l'une de l'autre.

» Fin finale, je lui riposte :

« Conséquemment, comment que tu le nommes, le juge du milieu? »

» Il me répond :

« C'est M. James Philips, un ancien d'Israël... »

— Oh! oh! un ancien d'Israël... C'est un gaillard, alors?

» Mon voisin me regarde :

« Qu'est-ce que c'est que ça, un gaillard? »

» (Dans ce pays-là on croit sans doute que les gaillards c'est des animaux féroces.)

» Moi, voyant ça, je reprends :

« Eh! oui, un gaillard, un bon enfant, un juge fameux qui ne marchande pas avec la pratique, qui vous met son homme à la torture du premier coup et qui vous le fait pendre un quart d'heure après, comme dans mon pays. »

» Lui me répond :

« James Philips n'est pas un gaillard; c'est un ancien, un vrai juge d'Israël, qui applique la loi sainte comme il est écrit dans la loi. »

» Et alors, mon homme me raconta l'histoire épouvantable du dernier procès criminel jugé par l'impartial justice Philips, procès qui avait abouti à la condamnation à mort du malheureux William Cruch.

Pendant que le bourgeois me racontait l'histoire du susdit William, je pensais en moi-même :

« Brrr! voilà un terrible juge! »

» Et je regardais son grand front, son grand nez, son grand menton carré, sa face pâle où les os se lèvent sous la peau comme des bosses.

» Je demandai encore :

« Alors on l'a tué, ce pauvre Cruch? »

» Le bourgeois me répondit en colère :

« On aurait dû le tuer, et le peuple d'Israël s'en réjouissait d'avance ; mais la femme et les six enfants ont tant crié, tant pleuré chez le gouverneur sir Robert Carroll, ce gentilhomme que vous voyez là-bas, au fond de la salle, sur l'estrade, M^lle de Montluc et miss Lucy ont bien tant demandé sa grâce, que le gouverneur a changé la peine de mort en cinq ans de prison... Ah! monsieur, les bonnes mœurs s'en vont! Nous allons tomber un de ces jours dans l'abîme de la corruption! »

» Comme tu vois, l'ami Kildare était en bonnes mains. Je pensai : C'est encore heureux que j'aie eu l'idée de venir aujourd'hui... Comme ça, il a des chances de s'échapper. »

» Alors, faisant signe à mes hommes de me suivre, et jouant des poings et des coudes dans la salle, je suis arrivé au premier rang pour mieux voir.

» Vraiment, c'était curieux.

» Figure-toi, mon bon, douze gentlemen rangés sur deux files, avec des habits marrons, des mines longues, des airs respectables et tout ce qu'il faut pour écrire. On les appelle des jurés.

» Je demande tout bas à mon voisin :

« Qui est le premier en commençant par la droite?

— Celui-là, c'est M. Wendell.

— Et qu'est-ce qu'il fait, M. Wendell?

— Il est épicier, donc!

— Et ce petit gros?

— C'est M. Cross.

— Qu'est-ce qu'il fait, M. Cross?

— Té! il est charcutier.

— Et l'autre? »

» Il me les nomme tous l'un après l'autre, disant: C'est le charpentier, c'est le boulanger, c'est le cordonnier... enfin, tous les métiers honnêtes de la société.

» Je dis encore (tu comprends, si je voyage, c'est pour m'instruire) :

« Qu'est-ce qu'ils font là, ces jurés? »

» L'autre me réplique :

« Il vont juger si ce scélérat est coupable. »

» Le scélérat, tu m'entends, c'était Kildare, qui était assis sur un banc en face d'eux avec quatre policemen pour le garder, placés aux quatre vents du ciel et de la mer. Il avait une mine, oh! mais une mine! Je te parlerai de ça tout à l'heure.

» Je continue :

« Et ces trois-là? »

» (Je montrais les trois juges.)

« C'est la cour du comté, me réplique le bourgeois. C'est ceux qui condamneront le scélérat après qu'on l'aura trouvé coupable. Et je vous réponds, monsieur, que son affaire est claire, car M. James Philips n'est pas plus tendre qu'un loup de sept ans contre les Irlandais. Il se couperait le poignet plutôt que de faire grâce à quelqu'un de ces misérables. »

» Comme tu vois, j'étais fixé.

» Derrière les juges, qu'on appelle la cour du comté, on avait mis tout ce qu'il y avait de dames et de demoiselles dans Boston, — de demoiselles surtout; car les dames restent à la maison pour faire le thé et mettre le jambon sur du pain beurré; mais les demoiselles, les *misses*, comme on les appelle ici, ont la permission de se promener tout le jour, et elles en profitent, que c'est une bénédiction! Tu ne verrais qu'elles dans le pays. Quant aux gentlemen, ça coupe et ça fend le bois, ça bâtit les maisons, ça fait les souliers, les gilets et les culottes, ça mène les bœufs au pâturage, ça saigne les cochons, ça élève la volaille, ça va pêcher, chasser, labourer, ça va faucher, semer, récolter, ça pétrit le pain, ça parle politique, ça parle religion, ça plaide, ça fait tout ce que le bon Dieu nous a commandé de faire pour ne pas mourir de faim et de soif dans cette vallée de misère...

» J'oubliais que ça tire assez bien à la carabine, que ça calcule mieux que personne : 2 et 2 font 4, 8 fois 4 font 32, et 3777 multipliés par 4971 font 18 775 467.

» Pour revenir aux *misses* de Boston, elles sont jolies comme des boutons de roses. La fraîcheur vient de la race et du climat. La maigreur vient du thé, qui est une vilaine tisane. Pour punir les Anglais, je crois que le bon Dieu leur a donné le thé en guise de médecine.

» Ça, tu comprends, c'est une vue particulière de Gandar, que je n'impose à personne.

» Voilà donc qu'au fond sur l'estrade, pêle-mêle avec les officiers anglais, les riches gentlemen de la ville et les jolies misses, on voyait Sir Robert Carroll, le gouverneur, et deux demoiselles que je reconnus tout de suite sans les avoir jamais vues. L'une des deux te ressemblait tout à fait.

» Tous les gentlemen la regardaient d'un air d'admiration, comme s'ils n'avaient jamais rien vu de pareil, et toutes les femmes la regardaient en pinçant les lèvres, comme si elles avaient voulu la mordre.

» Elle, de son côté, se laissait admirer et mordre, comme si ç'avait été son métier naturel, ordinaire et supérieur... On lui parlait, elle répondait, elle souriait, et ses yeux se tournaient vers l'ami Kildare.

» Je demande en la montrant du doigt :

« C'est une Française, celle-là ? »

» Mon voisin me répond :

« Et une fière Française encore ! Elle leur fait perdre la tête à tous... C'est la fille du vieux Montluc, le Grand Ours noir, le Seigneur des Grands Lacs, comme on l'appelle ici, et la sœur de Montluc le Rouge, un brigand qui n'a peut-être pas son pareil en Amérique...

— Et l'autre ?

— Ah ! l'autre, c'est miss Lucy Carroll. »

» Et alors, voilà que mon Bostonien me raconte son histoire et la tienne de part en part, que j'écoute de bout en bout comme si je n'en avais jamais su le premier mot... que ton père l'avait sauvée des Algonquins à l'âge de deux ans, que ta mère l'avait élevée, que le Père Fleury l'avait baptisée, et que vous alliez vous marier, lorsque sir Robert Carroll, son cousin, l'avait enlevée par force en ton absence, qu'il voulait l'épouser, que miss Lucy ne voulait pas, que son oncle d'Angleterre la réclamait pour lui laisser une fortune immense, la moitié d'un comté, que les affaires en étaient là, etc., etc...

» Il m'en a dit si long, que j'ai fini par penser à autre chose, d'autant mieux qu'il mêlait toute son histoire de questions sur le prix de la morue à Londres, à Cadix, à Palerme, à Smyrne, aux quatre coins du globe.

» A la fin, pour changer de conversation, j'ai demandé en montrant l'ami Kildare :

« Qu'est-ce qu'on va faire de celui-là? »

» L'autre m'a répondu bonnement :

« On va le juger d'abord.

— Et après?

— Après?... on va le pendre. »

» C'est le moment de te parler de ce joli garçon et de la manière dont il s'est fait prendre par les Anglais, comme un véritable Irlandais qu'il était, car la manie des Irlandais, comme tu sais, c'est de se faire prendre par les Anglais après leur avoir tiré des tas de coups de fusil.

» M. de Kildare était assis sur son banc, habillé de pied en cap de soie et de velours, comme un gentilhomme qui viendrait à Versailles faire sa cour au roi et aux dames. Il avait même une perruque longue d'un pied et demi pour faire enrager les puritains de Boston, qui ont les cheveux courts, et pour plaire aux *misses*, qui n'avaient jamais rien vu de pareil, excepté sur la tête de quelques gentilshommes anglais.

» Je crois qu'il avait employé tout son argent à l'achat de cette fameuse perruque.

» Avec ça, fier comme Artaban, plus lord et plus Kildare que jamais sur son banc d'accusé, il avait l'air d'un gaillard qui n'a pas froid aux yeux. En le voyant, je pensais en moi-même : « Toi, mon petit, tu seras peut-être pendu, mais tu ne feras pas la grimace comme tes juges. »

» Il faut te dire que l'audience était commencée depuis deux heures, mais qu'elle était commencée sans l'être, à cause des formalités qui n'en finissent jamais dans ce pays.

» Il avait fallu reconnaître d'abord que M. James Philips, le président de la cour du comté, le juge chef, le *chief justice*, était bien James Philips, et non pas Thomas Wilson ou John Roberston, ou n'importe qui, autre que James Philips.

» Ensuite, on avait fait la même vérification pour ses deux voisins de droite et de gauche, afin d'être bien sûr que l'ami Kildare serait pendu suivant les formes, et que le nœud de la corde serait bien fait, que la corde serait tout à fait solide, qu'il n'y aurait pas d'appel possible, et que le lord serait bien enterré.

» Tout ça venait de finir quand j'entrai, et M. James Philips, tout en sueur d'avoir tant travaillé, avait fait apporter, pour les deux autres juges et pour lui, trois grands verres de quelque chose qui avait la couleur de l'eau, mais qui n'en était pas.

» Je demandai à mon voisin, qui roulait sa chique d'une joue à l'autre :

« Qu'est-ce qu'ils boivent là, qui les rend plus rouges que des écrevisses cuites? »

» Il me cligna de l'œil comme un malin et me souffla dans l'oreille :

« C'est du whisky qui vient de chez les apothicaires. »

» Ensuite, plus malin encore, il ajouta :

« Le whisky, c'est défendu comme boisson; mais c'est permis comme remède; et James Philips en avale une pinte par jour de ce remède-là. Ça lui soutient l'estomac, ça lui remet le cœur au ventre. Pas bête, Philips! On voit bien qu'il est du Connecticut! »

» Et il cligna de l'œil droit, en faisant passer sa chique de tabac de la joue gauche derrière la joue droite, pour marquer que les gens du Connecticut étaient des malins finis.

» Pendant qu'il me racontait James Philips, je regardai la salle et je demandai tout à coup :

« Qu'est-ce donc qu'il a fait de son avocat?

— Qui?

— Le scélérat, le Kildare.

— Il n'en a pas.

— Pourquoi donc? Est-ce que les avocats manquent à Boston? »

» L'autre me réplique :

« Des avocats! nous en avons des demi-douzaines, des douzaines, des trentaines, et des meilleurs; mais ça ne vit pas de l'air du temps, les avocats! ça ne parle pas pour rien...

— Eh bien? Est-ce qu'il n'en a pas voulu?

— Il en voulait bien, té, mais il n'avait pas d'argent pour payer. »

» Moi, ça m'indigne, je crie :

« Ça n'est pas juste; s'il faut payer, je payerai... Combien ça vaut-il, un avocat, ici? »

» Le voisin me riposte :

« C'est selon... Avez-vous beaucoup d'argent?

— J'ai tout ce qu'il faut pour payer quatre avocats. »

» Et je tire de ma poche trente quadruples d'Espagne. »

» L'autre voyant ça, ouvre les yeux comme des portes cochères et dit :

« Ne cherchez pas plus loin. Je suis votre homme. »

» En même temps il fait signe au portier, qui lui donne une robe, une toque, une perruque; il se met tout ça sur la tête et sur le corps, et me surajoute :

« Vous voyez en moi M. Prutt, l'avocat le plus renommé

de Boston... Demandez à tous ceux qui sont là... Qu'est-ce que vous voulez qu'on plaide? *Guilty* ou *not guilty*? (Coupable ou non coupable?) »

» Je lui réponds :

« Plaidez ce que vous voudrez, pourvu qu'on ne lui coupe pas la tête et qu'on ne lui serre pas le cou avant trois mois... Après, nous verrons... D'ici là, il aura passé beaucoup d'eau sous les ponts. »

» Il me riposte :

« C'est difficile, parce que lord Kildare est déjà condamné à mort depuis longtemps ; mais si vous me promettez soixante-dix quadruples de plus, j'en réponds. »

» Je cherche dans mes poches... Plus rien !... Je lui dis :

« Commencez par dire quelque chose, monsieur Prutt... si je suis content, je donnerai cent quadruples de plus au lieu de soixante-dix. »

» Il me répliqua :

« Ça, c'est juste... Vous voulez connaître la qualité de la marchandise avant de payer... C'est tout à fait juste. »

» En même temps il étend le bras vers les juges, il ouvre une grande bouche et commence d'une voix terrible :

« Mylord et gentlemen. »

» Mylord, c'était James Philips, et gentlemen, c'étaient ses deux compagnons.

» A ce bruit, tout le monde se retourne, et Kildare le premier, plus étonné que tous les autres.

» Dans toute l'assemblée on disait :

« C'est M. Prutt. C'est le fameux M. Prutt... Ah ! M. Coutts ne va pas être à son aise ! »

» Ça me fit plaisir, parce que je vis bien que j'avais eu la main heureuse... M. Coutts, c'était l'attorney général ;

un grand maigre, long, avec une grosse perruque et des favoris roux, des pommettes saillantes et une mine de déterré.

» M. James Philips, voyant M. Prutt étendre le bras, entendant M. Prutt l'appeler mylord, lui demanda ce qu'il voulait.

« Mylord juge, répondit M. Prutt, je suis avocat de profession, comme vous savez, et je viens plaider pour Sa Grâce lord Donald O'Brian, comte de Kildare, faussement accusé de trahison, comme je me fais un devoir de vous le prouver quand le moment sera venu... Mais avant tout, je demande la permission pour mylord de Kildare de communiquer librement avec ses amis. »

» Il faut te dire d'abord que l'ami Kildare, qui ne s'attendait plus à trouver un avocat, allait se lever et dire qu'il ne connaissait ni Prutt, ni Pratt, ni Prott, quand je lui fis signe, n'étant plus qu'à trois pas de lui, de rester muet comme une carpe.

» A quoi, m'ayant reconnu, il obtempéra comme un sage.

» Pour lors, le *chief justice* Philips accorda la permission demandée, et l'audience fut suspendue pour un quart d'heure, que je passai dans une chambre à côté, avec Kildare et M. Prutt, — toujours sous la garde des policemen armés de pistolets et de coutelas, qui nous suivaient de l'œil par la porte entr'ouverte.

» Là, voilà que Kildare m'embrasse comme du pain. Je lui fais signe que l'avocat nous écoute et je dis en anglais :

« M. Prutt va plaider ton procès. Et en attendant, il va s'écarter un peu, pour nous laisser causer de nos affaires. »

» M. Prutt fait la grimace et va dans un coin. Alors Kildare me raconte toutes ses aventures, que tu sauras tout à l'heure par les témoins, et comment il s'est fait prendre.

» Je lui réplique :

« Mon petit, tout le monde nous regarde, ça n'est pas le moment de causer; mais tiens-toi prêt. Un jour ou l'autre, nous viendrons t'enlever, Montluc le Rouge et moi. En attendant, il faut gagner du temps. Je te paye un avocat. Il m'a promis de faire durer ton procès trois mois. Pour toi, à toute minute, sois prêt à bien faire. C'est Gandar qui veille sur toi, Gandar de Marseille, tu m'entends? Et Montluc qui n'est pas loin. Et si c'est nécessaire, nous mettrons le feu à toutes leurs baraques, et l'on en verra la flamme dans les deux Amériques. »

» Après ça, je fais signe à M. Prutt de s'approcher, et, sans lui dire qui je suis, je lui recommande notre ami; nous convenons de nos faits et nous rentrons dans la salle.

» Le public nous attendait. Toutes les dames firent un Ah! de plaisir qui dura autant de temps qu'il en faut pour faire cuire une demi-douzaine d'œufs à la coque, l'un après l'autre. Quand ça venait de finir, ça recommençait.

» Pour lors, voilà que chacun se met à sa place, moi à deux pas de Kildare, M. Prutt à côté de moi. Derrière lui, les jurés; à gauche, Son Honneur M. James Philips ; en face, les misses et les gentlemen de tous les côtés.

» M. Coutts, l'attorney général, prit la parole.

» Je dis qu'il la prit, mais il ne la garda pas longtemps. Il n'avait pas plutôt dit six mots que M. Prutt la lui arracha de la bouche, pour avancer que la cour n'était pas compétente...

« Pas compétente! cria l'attorney Coutts en colère. Elle est mille fois plus compétente que vous, monsieur Prutt!

— Possible, monsieur Coutts ! mais pas encore assez pour juger mon noble client !

— Je vous dis, Prutt, que la cour est compétente, et je le prouverai...

— Vous le direz, monsieur Coutts, mais vous ne le prouverez pas !

— Et qui m'en empêchera, monsieur Prutt ?

— Le bon sens, monsieur Coutts, et la charte du Massachusetts.

— Je vous dis, monsieur Prutt, que vous ne connaissez ni le bon sens ni la charte dont vous parlez, et je conclus que la cour est compétente en vertu de l'article 9 de la charte, qui a trait aux crimes de haute trahison. »

» Ici Coutts, qui avait parlé très-vite de peur d'être interrompu, se mit à souffler comme un phoque ; mais je demandai tout bas à Prutt :

« Eh bien, eh bien, est-ce que c'est déjà fini ?

— Fini ? dit Prutt. Je n'ai pas encore commencé. Vous allez voir ! »

» Alors il relève sa manche, jette la tête en arrière et reprend :

« Oui, c'est vrai, l'article 9 de la charte du Massachusetts s'applique aux crimes de haute trahison !

— Ah ! ah ! vous voyez bien, mylord... M. Prutt lui-même l'avoue, la cour est compétente. »

» Alors l'autre, d'une voix à faire trembler les vitres, reprend :

« Elle est incompétente, mylord et gentlemen ! Et voici pourquoi.

— Je serai bien aise de l'apprendre, monsieur Prutt, » dit l'attorney.

» Ils se regardaient tous les deux comme des coqs de combat qui vont se crever les yeux à coups de bec.

« Mylord, reprit M. Prutt, pour être déclaré traître, il faudrait que Donald O'Brian, comte de Kildare, fût né sujet du roi d'Angleterre Guillaume III; mais loin de là. Il est né sujet du roi Jacques; il vivra sujet du roi Jacques... La guerre est déclarée entre les deux rois. Tant qu'elle durera, le droit de tous deux et de leurs sujets est égal. »

» Alors l'attorney voulut s'arracher les cheveux dans un accès d'indignation, et prit sa tête à deux mains. Par malheur, il ne saisit que sa perruque et la souleva d'un demi-pied en l'air, en criant qu'à ce compte-là il n'y aurait plus de traîtres ni en Europe ni en Amérique, et que cependant, au milieu du seul Massachusetts, dans la noble ville de Boston, il avait la douleur de dire que ce spectacle ne lui était pas inconnu.

» En même temps il regarda M. Prutt, comme pour lui dire :

« Parez cette botte, si vous pouvez, mon ami. »

» Mais M. Prutt répliqua qu'il valait encore mieux voir des traîtres que des coquins et des magistrats prévaricateurs.

» A son tour, il cligna de l'œil en regardant le public, pour l'avertir que M. Coutts était le coquin qui valait moins qu'un traître.

» Moi, j'écoutais ces deux bons garçons, lorsque voilà M. James Philips, le juge en chef, qui dit qu'on plaidera plus tard la question de l'incompétence, que les gentlemen du jury ont faim et soif, qu'ils n'ont pas le droit de rentrer dans leurs familles avant d'avoir jugé, qu'ils veulent juger et retourner à leurs affaires, que la question d'incompétence sera décidée

sous vingt-quatre heures, et qu'en attendant on va entendre
l'attorney général et les témoins.

» Je dis à mon avocat :

« Vous êtes battu, monsieur Prutt!

— Laissez-moi faire, qu'il me réplique. J'ai promis trois
mois. Je donnerai trois mois. »

» Alors M. Coutts, l'attorney général, parla au nom de la
couronne.

» Il dit que Kildare était un bandit, un assassin, un
traître, qu'il avait tué un homme dans Boston même, qu'il
en avait estropié un autre, qu'il s'était fait condamner à
mort en Irlande, que sa tête avait été mise à prix par le Parlement, et cætera; tu connais le reste.

» Alors on fit entrer les temoins à charge.

» Le premier, c'était mistress Porter, veuve de M. James
Porter, propriétaire de la maison qu'habitait lord Kildare.

» La vieille dame n'est pas belle. Elle a le nez rouge, les
dents longues et le reste à l'avenant.

« Tournez-vous vers moi, mistress Porter, dit l'attorney
général... Bien, très-bien... Rassurez-vous, madame. Messieurs les jurés, vous allez entendre la respectable veuve de
feu M. James Porter, le célèbre théologien dont la science
et la vertu ont fait tant d'honneur à cet État... Voulez-
vous avoir l'extrême bonté de nous confier votre âge, mistress Porter? »

» La vieille dame fit la grimace d'un chat qui boit du vi-
naigre, et demanda si c'était vraiment bien nécessaire de
donner ce renseignement.

» Très-nécessaire, en vérité.

» Si son âge avait quelque rapport avec le crime de haute
trahison du scélérat Kildare.

» Il avait les rapports les plus intimes.

» Elle confessa en soupirant qu'elle avait quarante ans passés. Sur sa mine on lui en aurait offert douze ou quinze de plus.

» M. Coutts demanda ce qu'elle savait de l'accusé, la conjurant de n'en pas cacher la moindre chose.

» Elle répondit qu'étant veuve d'un presbytérien, obligée pour vivre d'exercer une profession modeste, mais utile et respectable, et d'offrir le vivre et le couvert à tous les gentlemen qui voulaient bien lui payer cinquante-cinq shillings par semaine, elle avait vu avec plaisir s'introduire sous son toit M. Kildare, ce loup dévorant qui s'était couvert de la peau de la brebis pour tromper le troupeau ; ce serpent rusé qui et que...

» M. Coutts lui coupa la parole, parce que les gentlemen du jury commençaient à s'impatienter.

» Ensuite il lui demanda si le traître lord Kildare ne l'avait pas abusée par ses discours, en même temps que plusieurs autres des plus vertueux citoyens de Boston.

» Il l'avait abusée.

» S'il n'avait pas prêché dans plusieurs maisons particulières et devant tout le peuple.

» Il avait prêché.

» A quelle occasion on avait découvert son complot criminel contre la sûreté du Massachusetts et l'intérêt de S. M. le roi Guillaume.

» Mistress Porter répondit qu'elle n'en aurait jamais eu le moindre soupçon sans un accident fortuit.

« Messieurs les jurés, écoutez bien, dit M. Coutts, c'est le nœud de la question. »

» Alors mistress Porter continua :

« C'était un mardi soir... Nous étions toutes deux seules,
mon Angélina (c'est ma fille) et moi. La chère créature me
racontait ses plus secrètes pensées, et me demandait
conseil suivant sa coutume, car ma fille est inséparable
de moi. »

» En finissant sa phrase, la vieille dame se tourna vers le
public comme pour dire :

« Voilà les pensées de la veuve de M. le docteur Porter,
théologien. Ce n'est pas la veuve de M. Thompson, charcutier, ou celle de M. Wilson, boulanger, ou celle de M. Cal-
craft, boucher, qui élèverait si bien sa fille. »

» Mais tu penses bien que M. Coutts ne lui laissa pas le
temps, de se rengorger dans sa fierté. C'est un homme pratique, l'attorney Coutts, et qui ne mange pas son pain à la
fumée du rôti.

» Il lui demanda par quel accident elle avait découvert...

« Voici, monsieur. C'était donc un mardi soir; j'étais en
train de faire les comptes de mes locataires avec mon Angélina... La chère âme (un ange, messieurs les jurés, et qui
calcule comme une table de multiplication!) me dit tout à
coup :

« Maman, M. Robertson nous doit deux jours et demi
de cette semaine.

— Pas possible, mon enfant! pas possible! il est si exact!

— Tu vois bien, maman! il a dîné deux fois, lunché une
fois, soupé deux fois. Regarde, c'est marqué sur le livre...
Oh! M. Robertson se relâche.

— Eh bien, mon enfant, il faudra lui présenter sa note
demain, et s'il ne peut pas payer, il faudra le faire mettre en
prison. Je ne connais que ça, moi, pour mettre les gens à
la raison. »

» Au fond pourtant, messieurs, ça me faisait de la peine, car M. Robertson est un des membres les plus respectables d'une assemblée dont je fais partie, et voilà douze ans qu'il n'a pas manqué une seule fois de payer son loyer et son dîner une semaine d'avance. Je voulus même en dire quelque chose à ma fille, mais elle me répondit :

« Maman, si tu faisais crédit un seul jour à M. Robertson, toute la congrégation viendrait te demander une semaine. »

» A cette réflexion je vis que le Seigneur avait mis sa sagesse dans le cœur de ma chère Angélina, et je lui permis de présenter la note et de mettre notre vieil ami Robertson en prison ; ce qu'elle a fait, car il y est encore.

» Mistress Porter s'interrompit un instant et poussa un profond soupir. Sans doute elle plaignait le sort de son vieil ami. Toute l'assemblée était émue.

» Les gentlemen disaient :

« C'est une sage personne, miss Angélina ; elle glanera dans les champs et à la ville, elle battra l'orge qu'elle aura ramassée et elle en fera beaucoup d'argent. C'est une bonne femme de ménage, quoiqu'elle ne soit pas trop douce pour les vieux amis de sa mère. »

» Et plusieurs de ces gentlemen désirèrent l'obtenir pour femme et se proposèrent de la demander à mistress Porter au sortir de l'audience.

» Après une pause et un soupir, mistress Porter reprit :

« Comme je continuais l'examen des comptes, je vis tout à coup que celui de lord Kildare, que vous voyez là, n'était pas réglé, et je dis :

« Angélina, ma chère, le docteur Kildare nous doit deux semaines entières... Voilà une note plus pressée que celle

de M. Robertson... D'où vient que vous ne l'avez pas encore
présentée?... »

» La chère créature me répondit :

« Oh! maman, ne vous souvenez-vous pas de la veuve de
Sarepta, qui donnait à manger et à boire au prophète Élie ;
qui ne lui demanda jamais ni une guinée, ni une couronne,
ni un shilling, et qui reçut en récompense la vie de son
fils unique qui venait de mourir et qui fut ressuscité? Ne
vois-tu pas que M. le docteur Kildare attirera sur cette maison la bénédiction de l'Éternel?... »

» La vieille dame aurait longtemps continué son histoire ;
mais M. Prutt, qui pendant ce discours avait échangé
quelques mots avec lord Kildare, se leva tout à coup.

» M. Prutt sollicita de mylord président de la cour du
comté la permission d'interroger un autre témoin ; car,
dit-il, outre que la vieille et respectable dame n'en finissait
pas, et qu'on était là pour juger l'affaire de lord Kildare et
non pour connaître l'histoire de la note de M. Robertson,
certains détails de l'arrestation de Kildare étaient de nature
trop intime pour que mistress Porter voulût les donner elle-
même, ce qui porterait grand préjudice à la justice et à la
vérité.

» Mylord président y consentit et l'on appela miss Caroline
Py, attachée au service du témoin précédent, comme dit
mylord.

» Caroline Py était une bonne grosse fille joufflue, rouge.

» Elle répondit d'abord aux questions de M. Prutt, qu'elle
avait dix-neuf ans passés, qu'elle était venue l'an dernier du
comté de Kent en Angleterre, pour épouser un de ses voisins qui était soldat dans les gardes de la reine et qui venait
d'acheter une petite ferme, qu'elle était arrivée trop tard,

que le fermier était mort de la fièvre, et que, n'ayant pas de quoi vivre, elle s'était mise au service de mistress Porter.

» Ici M. Prutt étendit la main pour lui imposer silence.

« C'est bien, mon enfant, c'est bien, c'est très-bien. Dites-nous si vous savez ce que mistress Porter et miss Angélina pensaient de lord Kildare. »

» Caroline Py se tourna vers Donald et répondit en riant :

« Qu'est-ce que vous voulez qu'elles en pensent ?... Que c'était un aimable docteur la semaine dernière, et que c'est aujourd'hui un aimable gentilhomme. »

» Monsieur Prutt reprit :

« N'avez-vous pas entendu quelque conversation de mistress Porter avec sa fille Angelina ? »

» Caroline répondit :

« J'ai entendu et je n'ai pas entendu. Ça n'est pas mon métier d'écouter aux portes.

— Bien, Caroline Py. Ça n'est pas votre métier, tous ces gentlemen le savent, mais enfin, sans le vouloir, vous entendez quelquefois.

— Oh ! pour ça, oui, monsieur. C'est tout à fait sans le vouloir, et parce que mon oreille n'était pas loin de la serrure.

— Eh bien, reprit M. Prutt avec bonté, répétez-nous, au nom de la loi, ce que vous avez entendu sans le vouloir, et parce que votre oreille, comme vous dites, n'était pas loin de la serrure. »

» Alors elle commença :

« Monsieur Prutt, puisque mylord président le veut, puisque ces gentlemen le veulent, puisque vous le voulez, voici.

» Mistress Porter m'avait commandé de balayer l'esca-

lier après souper, et d'aller me coucher ensuite. Vous savez
comme elle est exigeante, on dirait vraiment la fille d'un
lord ; et pourtant son défunt père, que j'ai connu, vendait du
sel, du poivre et du sucre, du jambon et des navets dans la
ville de Canterbury ; mais il y a des gens qui ne savent pas
se connaître.

» Suffit. Voilà qu'ayant reçu cet ordre, je m'assieds sur
l'escalier à côté de la porte de mistress Porter, en me demandant si je commencerai mon ouvrage par me mettre au lit et
dormir (j'en avais bien besoin, étant sur pied depuis cinq
heures du matin), ou par balayer du haut en bas tout l'étage.

» Tout à coup, voilà que j'entends mistress Porter qui
causait avec miss Angélina, de ses comptes d'abord, du
pauvre vieux M. Robertson, et ensuite de M. le docteur Kildare, qui était installé depuis trois semaines dans la maison.

» Moi, vous comprenez, ça m'étonne. Je quitte mes souliers, j'ouvre doucement la chambre à côté, je regarde par
un trou qui est dans la muraille, et j'entends que mistress
Porter demande à miss Angélina :

« Ma chérie, ne penses-tu pas que le docteur Kildare
serait un bon mari ? »

» Elle appuya sa tête sur l'épaule de sa mère et dit :

« Oh oui ! maman.

— Est-ce qu'il s'est proposé, ma chère ?

— Oh non ! maman. »

» Et elle pleura comme une Madeleine.

« Mais crois-tu qu'il se proposera ?

— Comment pourrais-je le savoir, maman, puisqu'il ne
m'en a rien dit ?

— Il est peut-être trop timide.

— Oh ! maman. Je ne crois pas qu'il soit timide.

— Il faudrait voir, ma chère.

— J'ai demandé, maman, s'il avait trouvé le jambon à son goût?

— Eh bien?

— Eh bien, il l'avait trouvé excellent... Et le thé? Encore meilleur. (Je crois pourtant qu'il aime mieux le whisky, comme tous ces Irlandais.) Et le rosbif?... Un peu dur... Alors j'ai demandé s'il demeurerait longtemps à Boston... Il n'en savait rien... S'il devait présider encore plusieurs meetings... Il n'en savait rien. Là, j'ai cru qu'il allait parler... Pas du tout. Il s'est mis à bâiller, et j'ai bien vu qu'il ne pensait pas à devenir votre gendre... »

» Alors mistress Porter l'a embrassée et, pour la consoler, lui a dit : « Mon enfant, tu ne seras pas en peine de trouver un mari. D'abord tu es engagée à M. Kronmark...

— Oh! maman, un Allemand qui était laid, qui avait un gros nez et une figure plate, et un Allemand scalpé encore!... Il est horrible maintenant!... Ah! ce n'est pas comme M. Kildare!

— Mais Kronmark va revenir; que lui diras-tu? »

» Avant que miss Angélina n'eût répondu, voilà qu'on frappe à la porte, et mistress Porter me crie d'aller ouvrir... Je me sauve, je reprends mes souliers, je descends... J'ouvre... C'était justement M. Kronmark, l'Allemand... Quand on parle du loup, comme dit l'autre, on en voit la queue. »

» Pendant que Caroline Py faisait sa déposition, mistress Porter la regardait avec des yeux terribles. Elle disait à sa voisine :

« Voyez-vous l'effrontée! Elle a mangé mon pain pendant quinze mois...

— Je l'ai mangé, mistress Porter, répliqua l'autre, mais

je l'ai bien gagné, et je me flatte que la famille des Py vaut
bien celle des Porter.

— Elle se flatte... Elle se flatte! reprit la vieille dame en
colère. Oh! oui, elle se flatte! Et elle est bien toute seule à
se flatter, encore! Quand je pense qu'elle est entrée chez moi
comme une mendiante, avec un jupon et demi, pas davantage,
et une robe percée aux coudes, et qu'à présent...

— Mendiante vous-même, entendez-vous, mistress Porter! dit à son tour Caroline. Et ne m'agacez pas, voyez-
vous, car vous me feriez dire des choses...

— Quelles choses, effrontée?

— Des choses sur le lard, mistress Porter, qui est rance
plus souvent qu'à son tour, et sur le sucre en poudre que
vous mêlez avec le plâtre, et le mouton bouilli qui n'est que
de la vieille brebis maigre et galeuse, que vous achetez pour
rien au marché et que vous faites manger aux gentlemen, en
disant que c'est encore bien trop bon pour eux, et que
leurs shillings sont rognés les trois quarts du temps... »

» Caroline en aurait dit bien davantage sur les mystères de
la maison de mistress Porter, et les gentlemen de Boston ne
s'ennuyaient pas à l'écouter. Au contraire! Ils riaient de
toutes leurs forces. Mais M. Prutt l'interrompit pour la ra-
mener à la question.

» Il demanda si l'honorable témoin, dont les gentlemen qui
composaient le jury avaient déjà pu apprécier la sincérité,
puisque cette sincérité lui coûterait probablement sa place,
voudrait lui faire la faveur de raconter de point en point les
faits qui avaient suivi la conversation, si agréable et si instruc-
tive, de mistress Porter et de miss Angélina.

» Alors l'attorney général, M. Coutts, prit un air menaçant
et dit :

« Soyez sur vos gardes, Caroline Py! soyez sur vos gardes!... Ne ménagez pas le coupable!... Faites attention que l'œil de la justice des hommes est sur vous! »

» Et comme la pauvre Caroline avait l'air d'être un peu effrayée, M. Prutt dit à son tour pour la rassurer :

« Oui, prenez garde, Caroline Py! Ne chargez pas l'innocent! Ne souillez pas vos mains (pures encore) du sang d'un malheureux. La justice humaine vous en demanderait compte, et bien plus la justice divine!... »

» Alors la bonne fille regarda M. Coutts à droite et M. Prutt à gauche, comme pour savoir lequel des deux était le plus à craindre. M. Coutts était long et maigre. M. Prutt était petit et gros... Elle avait l'air de se demander si, quand on est fait comme un peuplier, on a meilleur cœur que quand on est fait comme une barrique. Et, ma foi, j'aurais bien été embarrassé, moi Gandar, pour lui donner un conseil.

» A la fin, elle se décida et dit :

« Mylord président, si vous ne faites pas taire ce long gentleman qui est à ma droite et ce petit gros gentleman qui est à ma gauche, je ne dirai plus rien.

— Nous y perdrions trop, ma chère, dit familièrement le petit M. Prutt, et puisqu'il en est ainsi, continuez, s'il vous plaît.

— Je vous disais donc, reprit Caroline, que je venais d'ouvrir la porte à M. Kronmark... Comme vous savez, c'est un ancien client de la maison, et même, l'an dernier, il avait été fiancé à miss Angélina ; mais elle n'en veut plus depuis que les Peaux-Rouges lui ont enlevé la peau de la tête jusqu'aux oreilles ; et, comme vous verrez tout à l'heure, ça n'est pas beau.

» Mais il n'en savait rien, n'étant pas venu à Boston depuis longtemps. Il se croyait toujours joli, joli comme un jour de printemps ou comme une petite hirondelle.

» En entrant il saute au cou de mistress Porter, puis va présenter ses devoirs à miss Angélina, qui recule et qui se sauve en lui fermant la porte au nez.

» Vous jugez comme ça fit plaisir au gentleman.

» Il demanda :

« Madame, est-ce que miss Angélina ne me reconnaît pas? »

» Effectivement, avec les marques qu'il avait sur la tête et sur la figure, on aurait bien pu ne pas le reconnaître... Mais voilà que mistress Porter voulut lui expliquer les choses : que miss Angélina a changé d'avis, et le reste.

» J'écoutais tout ça, et je riais. Mais l'Allemand ne riait pas, lui! Il criait de toutes ses forces :

« Eh bien, oui, je suis scalpé... eh bien, après? Est-ce que miss Angélina va manquer à sa parole pour un peu de peau de plus ou de moins?... Je mettrai une perruque, voilà tout! Et je ne serai pas le premier, ni le dernier! »

» Alors mistress Porter essayait de le consoler. Elle lui disait :

« Mon ami, que voulez-vous? C'est une fantaisie d'Angélina. Ces petites filles n'y connaissent rien. Au fond, vous êtes tout aussi beau qu'auparavant. »

» Et c'était presque vrai, car il avait autrefois des moustaches et des cheveux jaunes comme de la peau d'orange.

» Il levait les bras au ciel en disant :

« Scélérate Angélina! Et moi qui lui apportais cinq cents guinées que j'ai gagnées, Dieu sait comment, pour entrer en ménage! Elles me coûtent assez cher, je vais rester tout seul sur la terre! »

» A la fin, il cria :

« Au moins, Caroline, donnez-moi la clef de ma chambre. »

» C'est là, mylord président, que je fus bien embarrassée et mistress Porter encore plus que moi, car cette chambre était justement celle qu'on avait louée à lord Kildare, parce qu'on n'attendait pas aussitôt le pauvre Allemand.

» Comme je ne disais rien et ne bougeais pas, voilà qu'il crie encore plus fort :

« Allons, Caroline, ma clef ! »

» Comme vous pensez bien, mistress Porter se grattait la tête avec son aiguille à tricoter. C'est sa manière quand elle cherche des idées.

» A la fin elle lui dit :

« Mon ami, mon cher monsieur Kronmark, la chambre n'est pas libre pour le moment. »

« Et comme il allait se fâcher, elle se dépêcha d'ajouter :

« Mais j'en ai une meilleure à vous offrir.

— Je n'en veux pas d'autre, dit le gentleman ; je veux la mienne.

— Elle est louée ! »

» Alors le gentleman se mit à jurer, à blasphémer. Il n'avait jamais rien vu de pareil dans les quatre parties du monde. C'était infâme. C'était perfide...

» Enfin mistress Porter lui dit :

« Venez voir l'autre. »

» Ah ! oui, l'autre ! Elle était à deux étages plus haut, sous les toits, avec une lucarne sur la cour intérieure. Il y pleut en été, il y gèle en hiver ; tout le reste du temps c'est du brouillard. Quand il fait soleil, on cuit. Pour se réjouir, on regarde les cheminées d'en face. C'est là que mistress Porter met les nègres ou les chiens des gentlemen.

» En voyant ça, M. Kronmark redescend en fureur et crie :

« Je veux ma chambre ! Je la veux à tout prix ! »

» Et d'un coup de pied il enfonce un battant de la porte de lord Kildare.

» Mylord lisait justement à sa fenêtre. Il voit sa porte enfoncée et l'Allemand qui entre, mistress Porter tout effrayée qui cherchait à le retenir, et moi qui n'étais pas rassurée.

» Ah ! son affaire ne fut pas longue ! Mylord pose sa Bible sur le lit, s'avance vers M. Kronmark, le regarde fixement, et comme l'autre le prenait au collet, il lui envoie entre les deux yeux un coup de poing à assommer un bœuf. Le gentleman tombe ; mylord le prend par les pieds, le traîne dans l'escalier, se lave les mains et referme tranquillement la porte.

» Vous jugez si mistress Porter était à son aise. Elle criait :

« Un tel scandale dans ma maison ! Quel malheur ! Un si savant docteur, si éloquent (car c'est vrai que mylord parlait très-bien), être obligé de boxer avec un autre gentleman sous mes propres yeux ! Ah ! j'en mourrai ! Caroline, Caroline, allez me chercher une pinte de whisky, chez l'apothicaire du coin. J'ai besoin d'un verre ou deux pour me remettre. »

» Le pauvre gentleman qui avait roulé dans l'escalier en avait besoin, lui aussi. Mais aussitôt qu'il fut relevé, il voulut m'envoyer chercher la police. Miss Angélina ne voulut pas, disant qu'il avait eu tort de vouloir boxer avec le docteur, et que quand un gentleman mal élevé veut boxer avec un autre, il doit bien prendre garde d'être le plus fort, parce que s'il est rossé, on se moquera de lui deux fois davantage.

» Alors le gentleman lui dit :

« Perfide Angélina, vous mériteriez d'être étranglée de mes mains. »

» Et il allait la saisir par le cou, mais elle cria : « Au secours, monsieur Kildare! au secours ! » et mylord Kildare ouvrit sa porte comme pour boxer encore.

» A cette vue, le gentleman allemand recule, regarde mylord en face et s'écrie :

« Comment! c'est Kildare, ce docteur? Ah bien! nous nous connaissons, alors!... Nous allons nous expliquer tout à l'heure. »

» Et il courut chercher le marshall du comté et deux policemen qui arrivent avec quatre soldats et un sergent, la baïonnette au bout du fusil. Miss Angélina était consternée. Elle disait :

« Monsieur Kildare, qu'est-ce que ça? »

» Alors lord Kildare a répondu :

« Cher miss Porter, ce n'est rien. C'est un drôle que j'ai rencontré dans mes voyages. Il a déjà voulu me jouer un mauvais tour... »

» Tout en parlant, lord Kildare cherchait quelque chose. Je ne savais pas bien quoi. Je croyais que c'était sa Bible, et j'ai dit qu'elle était sur le lit. Mais il m'a répondu :

« Merci, Caroline. Où je vais, la Bible ne me servirait pas beaucoup. »

» Ce qui m'a fort étonné. Je croyais mylord plus pieux que cela. C'est alors que j'ai vu qu'il prenait une paire de pistolets et qu'il en faisait jouer les ressorts.

» J'ai eu peur, et miss Angélina lui a dit :

« Monsieur Kildare, à quoi pensez-vous ? Où allez-vous ? Que comptez-vous faire ? »

» Alors mylord a répondu en riant :

« Ma chère miss Porter, je pense à m'en aller. Je vais je ne sais où. Je compte, si quelqu'un me met la main au collet, lui brûler la cervelle. Et maintenant, ma chère demoiselle, et vous, Caroline, faites-moi place. »

» Miss Angélina est devenue toute pâle. Elle a demandé :

« Mais qui vous oblige?... »

» Il a répondu :

« Chère miss Porter, vous ne me connaissez pas!... Vous me croyez protestant. Je suis catholique. Vous me croyez le docteur Kildare. Je suis Donald O'Brian, comte de Kildare, le dernier descendant des anciens rois d'Irlande, présentement capitaine au service de S. M. le roi Louis XIV de France, et fidèle sujet du roi Jacques. C'est moi qui ai fait couper les oreilles à Kronmark, dans le pays des Algonquins, et c'est pour cela qu'il m'a reconnu, et pour cela aussi qu'il veut me faire couper la tête. »

» Miss Angélina lui a dit toute tremblante :

« Oh! sauvez-vous alors! sauvez-vous! »

» Il a regardé sur le quai, par la fenêtre ouverte, et lui a répondu :

« C'est trop tard. Voici les policemen et les soldats qui arrivent. Vous allez voir, miss Angélina, comment Donald O'Brian sait mourir. »

» Et comme elle pleurait et répétait toujours :

« Pour l'amour de Dieu, mylord, sauvez-vous! »

» Il a tiré de son doigt une bague avec un diamant et lui a dit :

« Miss Angélina, ceci est l'anneau de mariage que mon

père, le comte de Kildare, avait donné à ma mère, et que
j'espérais offrir un jour à M^lle Athénaïs de Montluc... Pro-
mettez-moi de le lui remettre.

— Je le jure ! » a dit miss Porter.

» Il n'était que temps, messieurs, car les policemen et les
soldats montaient l'escalier.

» Lord Kildare nous a poussées dehors, miss Porter et
moi. »

» Tout le monde écoutait Caroline Py. Les misses regardaient Kildare avec intérêt. Les gentlemen avaient l'air
sévère et indigné. M. Prutt prit la parole et dit :

« Mylord et gentlemen, soyez attentifs, la bataille va
commencer. »

» Puis se tournant vers Caroline :

« L'honorable témoin, à la sagacité duquel nous devons
des renseignements si précieux sur l'intérieur de la maison Porter, voudrait-il nous raconter ce qu'il a vu du
combat ? »

» Alors Caroline répliqua :

« Je dirai tout pour faire plaisir à M. Prutt !

» M. le marshall du comté frappa deux coups à la porte de
lord Kildare. Miss Angélina Porter et moi nous étions dans
l'escalier du second étage, et nous regardions, penchées par-
dessus la rampe. Miss Angélina disait :

« Je me suis toujours doutée que c'était un lord !... Il
n'avait pas la mine des autres gentlemen ! »

» Ici M. Coutts prit un air sévère et demanda quelle était
la mine des autres gentlemen, et en quoi consistait la différence.

» Mais Caroline Py ne se laissa pas démonter. Elle répondit
qu'elle ne savait pas bien ce que miss Porter avait en vue ;

qu'elle soupçonnait seulement que lord Kildare lui paraissait plus aimable que beaucoup d'autres.

» Ce qui fit rire les misses et grogner les gentlemen, comme tu peux croire. Alors M. Prutt reprit ses questions.

» Elle dit encore :

« Le marshall et les deux policemen frappèrent à la porte de mylord qui ne répondit pas. Il s'était barricadé derrière des matelas. On enfonça la porte à coups de crosse de fusil. Mylord cria : « Le premier qui entre, je lui brûle la cervelle! » Alors le marshall lui répliqua : «Au nom du Roi et de la loi, rendez-vous ! » et il essaya de passer ; mais nous vîmes le canon du pistolet de mylord qui visait M. le marshall et qui le fit reculer de deux pas dans l'escalier. Un des policemen voulut saisir le pistolet, mais mylord fit feu et le pauvre homme tomba raide mort.

» Alors miss Angelina et moi nous eûmes peur et nous nous appliquâmes contre le mur, de peur des balles.

» En même temps le marshall commanda aux soldats de faire feu dans la chambre ; mais, comme ils ne voyaient pas mylord, ils tirèrent au hasard, le manquèrent et cassèrent la glace.

» Mistress Porter, qui l'entendit, cria :

« Seigneur Dieu d'Israël! on va démolir tout mon mobilier. Et qu'est-ce qui me le payera maintenant? Est-ce le misérable qui me doit déjà quatre-vingt-quinze-shillings? »

» M. le marshall répondit avec force :

« Si le misérable n'a pas d'argent, M. Kronmark en a ; et comme c'est lui qui est venu nous chercher et qui nous appelle à son secours, c'est lui qui payera. »

» Tous les autres se mirent à rire dans l'escalier, comme des bienheureux dans le ciel.

» M. Kronmark voulut réclamer et grogner suivant la coutume de son pays; mais le marshall le prit par les épaules, le poussa malgré lui dans la chambre et lui dit :

« Monsieur Kronmark, c'est pour vous et sur votre dénonciation que nous sommes venus. Vous aurez votre part des balles. »

» Et, en effet, il eut sa part.

» Voyant qu'il ne pouvait pas s'empêcher d'être brave, il tira sur mylord un coup de pistolet; mais mylord qui n'a pas froid aux yeux, et qui bondit comme un chat, lui fit du bout de son épée sauter le pistolet de la main, au moment où le coup partait, et lui tira à son tour un coup de pistolet dans la cuisse.

« Un terrible coup ? demanda le farouche M. Coutts, attorney général, qui voulait absolument faire pendre l'ami Kildare.

— Oh ! oui, un terrible coup, monsieur ! car il a fallu couper la jambe à M. Kronmark !

— Et ensuite ? demanda M. Prutt, qui paraissait tout réjoui d'apprendre qu'on avait coupé la jambe à un gentleman allemand.

— Ensuite, monsieur ?... reprit Caroline Py. Eh bien! vous savez comme moi ce qui s'est passé (et même mieux que moi); les policemen et les soldats se jetèrent sur mylord, qui leur jeta, lui, ses pistolets à la tête et cassa le nez de M. le marshall, comme vous pouvez voir, mylord...»

» En effet, le nez du pauvre marshall, encore jaune et meurtri du coup qu'il avait reçu, ressemblait à une patate à demi grillée.

» Caroline Py continua :

« Comme mylord n'avait plus d'armes, il sauta par la

fenêtre, qui n'est qu'au premier étage, et se serait sauvé peut-être ; par malheur, il tomba sur un pavé pointu...

— Par malheur ! interrompit M. Coutts d'un air menaçant. Par malheur !... mesurez vos expressions, Caroline Py, si vous ne voulez pas vous exposer... »

» Alors, M. Prutt, qui surveillait M. Coutts comme le chien surveille le loup, reprit avec hauteur :

« A quoi s'exposerait le témoin, monsieur l'attorney général, si le témoin jugeait à propos de dire la vérité ? A quoi s'exposerait l'honorable témoin, monsieur l'attorney général, si l'honorable témoin jugeait à propos de céder au mouvement d'une sensibilité naturelle ? Quel danger courrait cette charmante et courageuse jeune fille, — oui, messieurs les jurés, je ne crains pas de l'appeler charmante et courageuse, — quel danger..., oui... quel danger dans cette libre colonie de la libre et vieille Angleterre ? »

» La voix de M. Prutt résonna d'abord comme un trombone quand il parla de la vérité, puis comme une flûte quand il parla de la sensibilité naturelle de Caroline Py, puis comme une trompette qui appelle les citoyens au combat, quand il parla de la libre colonie de la vieille et libre Angleterre.

» Les larmes vinrent aux yeux de toutes les misses. Les hourrahs sortirent du gosier de tous les gentlemen... Foi de Gandar ! je n'aurai pas donné pour cinq cent mille livres ma place à ce spectacle.

» Vraiment j'étais content. J'avais mis la main sur un fameux avocat, sur un avocat terrible, et je ne regrettais pas mon argent. Les avocats, vois-tu, Montluc, c'est l'âme des nations, c'est le traducteur des lois.

» Enfin, si je n'étais pas Gandar, je voudrais être avocat.

» M. Prutt donc, étant tout ce que je viens de dire et Yankee par-dessus le marché, mais Yankee du Connecticut, où se trouve l'espèce la plus merveilleuse de Yankees, jouit un instant de son triomphe et reprit :

« L'honorable et charmant témoin (Caroline Py) voudrait-il nous favoriser de la suite de son récit, et le reprendre à ces mots que M. l'attorney général a interrompus, j'ose le dire, si mal à propos ? »

» Alors Caroline reprit :

« Par malheur, mylord tomba debout sur un pavé pointu et se foula le pied, de sorte qu'au lieu de courir au port et de s'échapper, il se releva avec peine, au moment même où les soldats, le sergent, le marshall et le policeman vivant le prenaient au collet et l'emmenaient en prison. »

» Ici elle s'arrêta.

« Vous n'avez rien vu ni entendu de plus, miss Caroline Py ? demanda M. Prutt du ton d'un père qui interrogerait sa fille.

— Non, monsieur Prutt, car je ne crois pas nécessaire de répéter ce que me dit miss Angélina.

— Tout est nécessaire, répliqua M. Prutt. Il est telle révélation qui peut vous paraître inutile, chère miss Caroline Py, et qui pourtant éclaircira le procès. »

» Caroline ajouta :

« Eh bien, voici. Miss Angélina Porter, entendant que mylord venait de sauter par la fenêtre et que les soldats et le marshall l'avaient pris, s'écria que M. Kronmark allait commettre un crime et assassiner mylord, et courut au poste de police pour déclarer qu'il était innocent...

— Innocent de quoi ? demanda le farouche attorney général.

— Innocent de tout ! répliqua miss Caroline Py. Est-ce
que je peux savoir, moi, ce que voulait dire miss Angélina ?
Est-ce que je suis payée pour expliquer les pensées des misses
à M. Coutts ?

— Vous devez toutes vos pensées à la justice, » dit l'attorney.

» Caroline Py se retourna vers lui :

« Mais, monsieur l'attorney, si je pensais que vous êtes
plus laid qu'un singe, faudrait-il aussi l'avouer à messieurs
les jurés ? »

» A cette question tous les gentlemen se mirent à rire, et
M. Coutts à grogner :

« Caroline Py, prenez garde de manquer de respect à la
justice ! »

» Alors M. Prutt répliqua :

« Prenez garde, aussi, monsieur l'attorney général, de
manquer de respect à la jeunesse et à la beauté !... Prenez
garde d'insulter ce sexe charmant et délicat à qui nous devons nos mères, nos sœurs et nos fiancées !... Prenez garde,
je le répète, car un tel forfait ne resterait pas impuni dans
ce noble pays du Massachusetts, où sont venues chercher
un asile les plus gracieuses filles de la libre et vieille Angleterre ! »

» A ces mots les jeunes misses qui remplissaient la salle
applaudirent, et les jeunes gentlemen qui voulaient tôt ou tard
conduire quelques-unes des jeunes misses à l'autel, poussèrent trois hourrahs si terribles et si retentissants, que deux
gentlemen qui faisaient partie du jury et qui commençaient
à s'endormir levèrent brusquement la tête. Le plus âgé des
deux, se croyant sans doute dans sa chambre à coucher,
s'écria :

« Mary Ann ! Mary Ann ! Ne vous mouchez pas si fort, au nom du ciel ! »

» Alors la joie des assistants redoubla, et le gentleman un peu confus ajouta pour s'excuser :

« Eh bien, oui, mylord et gentlemen, quand ma chère épouse Mary Ann (la douce créature !) est enrhumée du cerveau, ce qui lui arrive trois fois par mois, elle fait autant de bruit dans sa maison, en prenant son mouchoir, que les trompettes au son desquelles sont tombées les murailles de Jéricho. »

» Après cette explication, le président Philips déclara que l'incident était clos et qu'il était temps d'interroger les autres témoins. Il ajouta pourtant que si M. l'attorney général jugeait à propos d'interroger à son tour Caroline Py, il avait la parole.

» M. Coutts, content des réponses du témoin et craignant peut-être de se voir comparer encore à un vilain singe et d'avoir le dessous dans cette comparaison, garda le silence.

» Alors M. Prutt demanda qu'on fît venir miss Angélina Porter.

» La jeune demoiselle fut introduite et interrogée à son tour.

» Je ne te répéterai pas l'interrogatoire, car le courrier va partir et je n'ai pas de temps à perdre.

» Elle continua de tous points la déposition de Caroline Py. Interrogée par M. Prutt sur les motifs qui avaient poussé Kronmark à dénoncer lord Kildare, elle ajouta seulement qu'elle n'avait jamais rien vu, su et entendu de mylord qui ne fût parfaitement conforme à la conduite que doit tenir un gentleman ; qu'il avait montré en tout temps la piété la plus parfaite, quoique cette piété, maintenant qu'elle était

avertie de la véritable condition et religion de mylord, lui
parût quelquefois entachée de certaines idées contraires à
celles professées par les Bostoniens ; qu'elle soupçonnait
aussi...

» Là elle baissa la voix...

» L'attorney général lui demanda tout en colère : « Que
soupçonnait le témoin ?

— Oui, reprit M. Prutt, quel soupçon aviez-vous, miss
Angélina ? Le soupçon d'une jeune fille aussi aimable, aussi
belle, aussi renommée par ses grâces que par ses vertus dans
la congrégation des fidèles de Boston, ne peut être que la
vérité même et doit guider les recherches de la justice humaine, car il est sûrement un rayon de la justice divine...

— Je soupçonnais, dit miss Angélina, que M. Kronmark
serait tôt ou tard mécontent du séjour que lord Kildare (en
ce temps-là M. Kildare) faisait dans notre maison, quoique
M. Kronmark n'eût aucun droit...

— Aucun droit ! s'écria l'attorney général. Le témoin
a-t-il oublié que M. Kronmark a reçu d'elle une promesse
de mariage ? »

» Alors miss Porter leva fièrement la tête et répliqua :

« Monsieur l'attorney général, il n'est peut-être pas défendu de changer de résolution.

— Surtout, ajouta M. Prutt, quand il est établi par un
examen scrupuleux des faits que les conditions dans lesquelles la promesse du mariage a été faite diffèrent beaucoup de celles dans lesquelles le gracieux témoin serait aujourd'hui forcé de la tenir.

— Monsieur Prutt, dit l'attorney général d'un ton sévère
et solennel, une personne d'honneur doit toujours tenir sa
promesse...

— Vous avez raison, monsieur Coutts, répliqua M. Prutt;
c'est pourquoi M. Kronmark, qui s'est offert comme fiancé à
miss Angélina Porter avec une paire d'oreilles; devrait tenir
sa promesse comme tous les vrais gentlemen le jour de son
mariage, et se présenter à l'autel avec ses deux oreilles, car
un gentleman qui n'a pas ses deux oreilles collées par la nature aux deux côtés de la tête n'est pas un gentleman.

— Que serait-ce donc alors? demanda M. Coutts.

— C'est, répliqua M. Prutt, un animal d'une espèce particulière et inférieure : une carpe, si vous voulez, un saumon,
un poisson-chat, une alose, un goujon, un serpent à sonnettes,
un fer-de-lance, un cobra-capello, tout ce que vous voudrez
enfin, monsieur Coutts, mais non un gentleman. Non, je
n'avouerai jamais, personne dans ce noble Massachusetts
n'avouera qu'une créature vivante, mais privée de ses oreilles par l'industrie des Algonquins et par la permission de
Dieu, peut passer pour un gentleman! »

» M. Prutt disait ces choses avec tant de véhémence que
toute l'assemblée applaudit.

» Il ajouta :

« Et maintenant oserez-vous faire un crime à miss Angélina, fille de James Porter, le respectable ministre, de
repousser avec horreur le monstre que M. l'attorney général voudrait lui donner pour mari?... Dites, l'oseriez-
vous dans ce glorieux pays, asile de toutes les libertés? »

» A ces mots, tous les gentlemen présents protestèrent
qu'ils n'oseraient pas... Loin de là!

« Et maintenant, miss Angélina, continua M. Prutt après
s'être essuyé le front, continuez votre déposition, et faites-
nous la faveur de dire en quoi consistait le soupçon que vous
avez conçu contre ce gentleman sans oreilles. »

» La jeune miss répondit modestement :

« Je soupçonnais que M. Kronmark, trouvant mylord (en ce temps-là M. Kildare) installé dans sa chambre, attribuerait à mylord l'accueil réservé que je me voyais désormais forcée de lui faire, et qu'il chercherait tous les moyens de se venger de lui en l'accusant de tous les crimes ; ce qui est arrivé en effet. »

» Ici M. Prutt demanda si le gracieux témoin avait eu quelque soupçon que lord Kildare eût noué quelque intrigue publique ou particulière contre la sûreté du Massachusetts ou de quelque autre province de la Nouvelle-Angleterre.

» Miss Angélina répondit d'une voix ferme :

« Non, monsieur Prutt. »

» Alors M. Coutts se leva à son tour et demanda s'il n'était pas vrai que miss Angélina Porter eût elle-même quelque intérêt à cacher la vérité sur ce point, et demanda l'autorisation d'interroger quelques témoins...

» Miss Porter ne répliqua rien.

» M. Prutt non plus, si ce n'est que les témoins, quels qu'ils fussent, ne pourraient qu'attester et certifier l'innocence de son client.

» M. Coutts demanda encore si le véritable motif de l'accueil glacé fait par miss Angélina Porter à l'infortuné Kronmark, qu'elle appelait maintenant le gentleman sans oreilles, n'était pas l'affection nouvelle que le témoin avait conçue pour le traître Kildare, et l'espérance qu'elle avait de l'épouser.

» A quoi M. Prutt déclara que cette question, touchant aux sentiments les plus intimes du cœur si délicat du témoin, ne pouvait pas être posée en public.

» Mais miss Angélina répliqua qu'elle n'avait pas à rendre

compte de ses affections, ni au jury, ni surtout à M. l'attorney général, qui était, lui attorney, tout à fait incapable de
les comprendre, mais qu'elle se devait à elle-même, qu'elle
devait à sa mère respectable et chérie, qu'elle devait au nom
de feu James Porter, son père, ministre en la ville de Boston, de dire que jamais lord Kildare ne lui avait adressé la
parole, si ce n'est pour parler de la pluie et du beau temps,
de la neige et du brouillard, et qu'une seule fois il avait
manqué à ette habitude, mais au dernier moment, et lorsqu'il se croyait près d'être tué par les soldats et les policemen...

» Elle s'arrêta et poussa un profond soupir. Tout le public
était ému.

» Puis elle ajouta :

« Ce n'est pas de moi que mylord m'a parlé, c'est d'une
jeune dame...

» (Elle regarda alors M^lle de Montluc, qui regardait
Kildare.)

« ... D'une jeune dame pour laquelle il l'avait chargée de
ses derniers adieux, qu'il avait désiré épouser, pour laquelle
il serait heureux de donner sa vie. Il désirait qu'elle le
sût... » Miss Angélina n'avait pas cru pouvoir lui refuser
sa demande.

» Ayant ainsi parlé, miss Angélina Porter se retira,
emportant les sympathies de toute l'assemblée.

» Ces sympathies furent même marquées par des hurrahs
et des applaudissements si vifs, que le président de la cour
du comté, M. James Philips, eut de la peine à faire rétablir
le silence.

» M. Prutt s'écria d'une voix retentissante que si la divine
Providence ne l'avait pas déjà favorisé de l'une des meil-

leures épouses qu'on pût trouver dans la Nouvelle-Angleterre, il se serait proposé sur-le-champ pour demander la
main de la fière, charmante, modeste, délicate, gracieuse
jeune fille qui venait de témoigner devant la cour et devant
les honorables gentlemen qui composaient le jury du Massachusetts.

» Un autre gentleman, plus enthousiaste encore et plus
heureux que M. Prutt, puisqu'il n'avait pas (suivant sa
propre expression) quitté le port tranquille du célibat pour
la mer orageuse du mariage, déclara qu'il était prêt à s'embarquer sur cette mer avec miss Angélina, si elle daignait y
consentir, et qu'il était sûr d'aborder avec elle aux îles
Fortunées.

» De nouveaux applaudissements suivirent cette déclara-
tion, et mistress Porter, qui l'écoutait avec attention, déclara à son tour, en versant des larmes, qu'elle était toute
prête à bénir cette union et à l'appeler son fils, si d'ailleurs
sa chère Angélina n'y apportait aucun obstacle.

» Voilà les principaux témoins.

» On fit venir le marshall.

» Cet officier de police déclara que M. Kronmark était venu
accuser lord O'Brian, comte de Kildare, de complot contre
la sûreté de l'État; qu'il était venu lui, marshall, pour saisir ledit lord Kildare, capitaine au service de S. M. le
roi de France; qu'un policeman avait été tué d'un coup de
pistolet; que lui, marshall, avait eu le nez cassé d'un coup
de crosse (ce qui n'était que trop visible); que Kronmark
avait reçu dans la cuisse une balle qui rendait l'amputation
nécessaire; que mylord avait sauté par la fenêtre et reçu
deux balles dans ses habits; qu'il avait été pris, conduit au
poste et remis aux mains du coroner; que les papiers saisis

dans la chambre n'étaient que des pièces de vers en l'honneur de M^{lle} de Montluc et de l'Irlande; qu'il fallait cependant y joindre un plan de la ville et des fortifications de Boston, etc., etc.

» Le policeman et les soldats répétèrent la même chose.

» Enfin on interrogea Kronmark, qui fut transporté sur un matelas, et qui déclara, en jurant et blasphémant, que lord Kildare était le dernier des traîtres.

» A quoi Kildare, qui jusque-là n'avait rien dit, répliqua que Kronmark était le dernier des gentlemen sans oreilles.

» Puis, M. James Philips, lord juge du Massachusetts, donna la parole aux avocats: à M. Coutts d'abord, attorney général, puis à M. Prutt, défenseur de Kildare, et tous les deux firent leur devoir en conscience.

» M. Coutts prouva sans réplique que lord Donald O'Brian, comte de Kildare, était le dernier des traîtres et le plus infâme; qu'on devrait, si justice était rendue, le pendre d'abord à la plus haute potence du Massachusetts, et ensuite..

« Ensuite? demanda M. Prutt, que demandez-vous de plus pour mon client, monsieur Coutts?... Si votre malheur voulait, monsieur Coutts, que l'on vous rendît la justice qui vous est due, croyez-vous que vos ennemis les plus acharnés, que les amis les plus chauds de la justice éternelle ne demanderaient rien de plus pour vous qu'une belle potence et un fort nœud coulant? »

» M. James Philips, président, déclara que cette pensée de M. Prutt n'était pas de celles qu'on dût exprimer dans une assemblée de gentlemen.

» M. Coutts, rouge de colère, ajouta qu'il ne daignerait pas y répondre, et que le mépris public avait fait justice de cette abominable insinuation.

» Puis, reprenant son discours, il ajouta que le pendu (car il tenait déja Kildare pour pendu) devait subir le sort du traître marquis de Montrose, être écartelé, et que ses quatre membres, découpés par le bourreau, devaient être attachés aux créneaux des quatre villes principales de la Nouvelle-Angleterre.

» Quelques gentlemen applaudirent dans la salle. Les jeunes misses parurent saisies d'horreur. Kildare ne souffla pas mot.

» Alors M. Prutt se leva.

» Il commença par plaider de nouveau l'incompétence du tribunal du comté.

» Puis, pour le cas où l'incompétence ne serait pas admise, il plaida au fond.

» Il raconta la gloire et les exploits des O'Brian, comtes de Kildare, arrière-petits-neveux des Talbot, comtes de Shrewsbury, petits-fils des rois d'Irlande, dévoués à leur roi Jacques.

» Ici, l'assemblée, toute composée de presbytériens et de puritains, grogna en chœur comme un seul homme, ou, si tu veux, comme un de ces animaux à quatre pattes dont l'usage en pays chrétiens est de faire des jambons et des jambonneaux.

» Il plaida à droite, il plaida à gauche. Il plaida dessus et dessous, il fit son client plus blanc que neige et plus pur que l'eau lustrale. Il allégua le témoignage de miss Porter, cette charmante créature si bien baptisée par son père du nom d'Angélina. Il fut tendre, véhément, pathétique. Il cita les articles 12, 17, 40 et 55 de la charte du Massachusetts. Il cita les vieilles lois du comté de Kildare, que personne ne connaissait excepté lui. Il fit frémir, il fit trembler, il fit pleurer, il charma les misses, il étonna les gentlemen, il m'étonna moi-même ; enfin il s'essuya le front, la bouche et les oreilles, et s'assit en disant qu'il était sûr que les gentlemen du jury allaient proclamer l'innocence de son client et le rendre à la liberté.

» En effet, les gentlemen du jury se levèrent gravement, passèrent dans une chambre à côté de la salle d'audience, délibérèrent cinq minutes, et déclarèrent à l'unanimité que lord O'Brian, comte de Kildare, était coupable du crime de haute trahison envers le roi Guillaume et la Nouvelle-Angleterre.

» Après quoi le lord président le condamna à être écartelé le mercredi suivant, sur la grande place de Boston, en vue de tous les nobles citoyens du Massachusetts. Il eut la bonté d'ajouter que Kildare aurait le droit de faire appel aux secours de la religion.

» Kildare se leva et dit :

« Je vous remercie, mylord président, et vous gentlemen qui m'avez déclaré traître. Je prends à mon tour la liberté de déclarer que vous êtes les derniers des coquins et que vous serez pendus tôt ou tard, si ce n'est par moi, du moins par mon ami Montluc le Rouge, et je prie mon honorable avocat, qui m'a défendu avec tant de courage et d'éloquence, d'écrire sur son calepin la liste de vos noms, afin que les innocents ne soient pas exposés à payer pour les coupables. »

» Puis il s'assit, et c'est alors que moi, Gandar, je pensai qu'il était temps de me montrer et d'essayer quelque chose en faveur de notre malheureux ami.

» Voici donc ce que je fis.

» Je regardai d'abord autour de moi pour savoir si mes

hommes étaient prêts à m'aider, et je vis avec plaisir qu'ils n'attendaient que mon signal pour bien faire.

» Ensuite, comme les policemen se rapprochaient pour emmener Kildare en prison, j'écartai les poings à droite et à gauche pour me faire place, et je criai en français : « A moi, Gandar ! A moi, les amis ! » En même temps je tirai de mes poches une paire de pistolets, chargés d'avance, que je remis à Kildare. J'en tirai une autre paire pour moi. Tous mes hommes en firent autant. Un policeman voulut me saisir et me désarmer en me donnant un coup de son bâton qui m'engourdit le bras gauche. Je fis feu sur lui. Il tomba en arrière. Kildare lui passa sur le corps, et je criai de toutes mes forces :

« C'est moi, Gandar, le terrible Gandar, Gandar de Marseille. Le premier qui se met en travers de mon chemin, je lui brûle la cervelle. »

» Si tu m'avais vu dans ce rôle, ami Montluc, tu aurais cru voir Ajax, Achille, Thésée, Scipion, César, Charlemagne, et le fameux Roland !

» Les gentlemen du jury le comprirent bien, car ils ne furent pas les derniers à s'en aller, et même l'un d'eux, qui était un peu gros, tomba en travers de la porte et manqua de boucher le passage, de façon que nous fûmes forcés de sauter par-dessus.

» Quant aux autres gentlemen, ceux de la cour du comté, les trois juges se sauvèrent par une porte de derrière, le président en tête. Les misses les suivirent tout effrayées, mais en se retournant pour voir ce qui allait se passer ; car elles se doutaient bien que Gandar, de Marseille, n'était pas venu pour faire du mal aux dames. Enfin nous sortîmes de cette caverne et nous courûmes à notre

A moi, Gandure! A moi, les amis!

bateau de pêche qui nous attendait sur le port, gardé par
deux de mes hommes.

» Mais voici le malheur. D'abord, sir Robert Carroll et les
officiers anglais qui étaient à l'audience commandèrent
à trente ou quarante soldats qui se trouvaient là en armes,
de nous poursuivre la baïonnette aux reins. Eux-mêmes
tirèrent leurs épées, le tambour battit dans toute la ville,
et en moins de cinq minutes trois ou quatre cents soldats
furent à nos trousses.

» S'ils avaient eu leurs fusils chargés, ils nous auraient
mis tous par terre d'une seule décharge. C'était précisément
la seule chose qui leur manquât. Nous, au contraire, nous
n'avions ni fusils, ni baïonnettes, mais des pistolets chargés et des poignards; de sorte qu'ils n'osaient pas nous
aborder de trop près.

» Nous courions de toutes nos forces sur le quai, quand
tout à coup Kildare s'arrête et me dit : « Merci, ami Gandar, va-t'en avec les tiens. Je reste. »

» Le pauvre lord avait attrapé une entorse huit jours
auparavant, en sautant par une fenêtre, et l'entorse
n'était pas guérie. La douleur était si vive, qu'après les cent
premiers pas il ne pouvait plus mettre un pied devant
l'autre.

» Comment faire? Je voulus d'abord l'emporter dans
mes bras, mais il ne restait plus que deux hommes avec
moi. Les autres avaient passé devant pour regagner le bateau. La foule des soldats approchait et n'était plus qu'à
dix pas de nous.

» Il me dit :

« Va-t'en, je le veux! tu périrais sans me sauver!

— Mylord, lui répliquai-je, je m'en vais, puisque tu le

veux. Mais je fais serment, si ces coquins touchent à un
seul de tes cheveux, de mettre le feu à la ville de Boston
tout entière. »

» En même temps, je le laisse étendu sur le pavé, je
cours avec mes hommes au bateau de pêche, je le détache,
et nous partons au milieu d'une grêle de balles que les
soldats nous tiraient du rivage. Par bonheur il faisait nuit
noire, et nous passâmes sous le feu des forts qui nous
canonnèrent. Aucun boulet ne nous toucha, et deux
heures après nous étions revenus à bord, où l'on s'in-
quiétait, comme tu peux croire, du succès de notre expédition.

» En arrivant, je dis au patron du bateau :

« Mon garçon, reprends ta cambuse, et porte à sir Robert Carroll, gouverneur de la Nouvelle-Angleterre, le billet que voici :

« En mer, juillet 1697.

» Gandar, de Marseille, qui n'a jamais manqué à sa
parole, a l'honneur d'avertir sir Robert Carroll que, s'il a le
malheur de laisser pendre ou décapiter lord Kildare, il
subira, lui, Carroll, le même sort par ordre dudit Gandar,
et la ville de Boston sera mise à feu et à sang, comme
Babylone et Ninive.

» GANDAR. »

» Le patron promit de faire ma commission, et partit sur
l'heure, bien content de n'être pas plus mal traité.

» Maintenant, Montluc le Rouge, mon vieux, tu sais où
en sont les affaires. J'attends tes ordres en pleine mer, en
vue de Boston. Kildare est-il mort? Je n'en sais rien. S'il
l'était, je le saurais sans doute; mais personne ne peut plus

sortir de la ville, et je vois seulement avec ma lunette d'approche que les gens du pays remuent de la terre et des canons, et s'apprêtent à nous bien recevoir. De ton côté, je sais
que tu auras fait tout ce qu'il faut faire ; mais dépêchons-
nous. Le feu est à la maison.

» GANDAR. »

Buffalo me guidait.

## CHAPITRE IX

M. le curé de Gimel devient ambassadeur.

Après avoir lu la lettre de Gandar, Montluc le Rouge me
dit :

« Vous voyez, mon cher monsieur le curé, s'il est possible de rester immobile en attendant les ordres de M. de
Pontchartrain et la conclusion de la paix. Tandis que les
diplomates délibèrent, nous avons le temps de préparer et
d'exécuter notre entreprise.

» Nous serons désavoués !... Soit ! Ce n'est pas la première fois qu'un Montluc sera désavoué pour avoir bien servi
la France, et qu'il aura passé outre ! Parmi tous ces sauvages mes amis, que le nom de mon père et le mien a con-
duits jusqu'ici, combien en est-il qui connaissent même de

nom le roi de France ? Mais tous savent que je suis là, moi, Montluc le Rouge, le fils du vieux baron Annibal, du Grand Ours noir, comme ils l'appellent, qui n'a jamais abandonné ses amis ni pardonné à ses ennemis... Ils savent que ma hache est toujours levée, et s'ils voyaient périr sans secours ou sans vengeance un seul de ceux qui ont eu confiance en moi, ils se défieraient à l'avenir et me croiraient indigne de mes pères ! »

Il me prit la main, la serra fortement et dit :

« Monsieur le curé, si Kildare, si mon ami Kildare a péri sur l'échafaud, décapité ou pendu, je jure que je ferai couper par morceaux cent des notables habitants de Boston, dix des officiers supérieurs et tout ce qu'il y aura de lords et de baronnets dans la place ! »

Il ajouta ensuite :

« Ce pauvre Donald était mon meilleur ami. Vous l'avez connu, monsieur : c'était le plus vaillant gentilhomme du monde ; il avait aussi bonne tenue au bal qu'à la bataille ; il plaisait à mon père, à ma mère, à ma sœur ; il s'est lancé dans un danger terrible pour nous servir, et je l'abandonnerais ! Par le Dieu vivant ! monsieur le curé, ce serait me déshonorer moi-même ! »

J'essayai vainement de le calmer, car M. de Montluc, tout aimable et bon enfant qu'il fût d'ordinaire avec ses amis, n'était pas homme à épargner ses ennemis. Le sang des Peaux-Rouges qui coulait dans ses veines, mêlé au sang français, ne supporte pas le pardon et le regarde comme une faiblesse.

Tout à coup, au moment où il donnait à l'armée et aux sauvages le signal du départ, un courrier arriva du camp anglais.

Un courrier arriva du camp anglais.

Ce courrier avait traversé sans difficulté tous les postes des deux nations, car il était porteur d'une heureuse nouvelle. .

La paix venait d'être conclue entre la France d'une part, l'Angleterre, l'empire d'Allemagne, la Hollande et l'Espagne de l'autre, à Ryswick.

En lisant la dépêche, car elle était venue par voie d'Angleterre, Montluc le Rouge ne parut pas aussi content que je l'avais espéré. Il fronça le sourcil et demanda à l'envoyé anglais s'il ne pouvait pas lui communiquer les conditions du traité.

Le courrier, qui était un capitaine de l'armée anglaise, répondit que ces conditions étaient contenues dans une dépêche de sir Robert Carroll, gouverneur du Massachusetts, qu'il tira de sa poche et remit à M. de Montluc.

Celui-ci parcourut des yeux la dépêche et lut tout haut :

« Article 325. — Les hautes parties contractantes se réservent le droit de traiter ceux de leurs sujets rebelles qui auront été faits prisonniers suivant les règles ordinaires, et s'engagent à ne réclamer aucun de ceux qui se seront engagés à leur service, et qui auront eu le malheur de se faire prendre, soit en bataille rangée, soit autrement. »

« Ah ! ah ! dit Montluc le Rouge, voilà pour Kildare et les protestants de France. Ces deux grands rois Guillaume et Louis chassent de leur patrie des milliers d'hommes, et, s'ils veulent rentrer, les font décapiter ou pendre ! Ils s'accordent cela l'un à l'autre, ces grands politiques ! Guillaume accorde à Louis la vie et les biens des protestants ; Louis accorde à Guillaume la vie et les biens des catholiques. Et cela s'appelle la paix ! O justice divine ! quels châtiments dois-tu réserver à ces misérables !

— Monsieur, demanda le capitaine anglais, quelle est votre réponse ? »

Alors Montluc lui dit :

« Monsieur, je n'ai rien à répondre, si ce n'est de vous tenir sur vos gardes. Nos rois peuvent être en paix ou en guerre, suivant qu'il leur plaira ; mais, pour moi, je ne connais qu'un seul homme au monde à qui Dieu m'ait commandé d'obéir : c'est mon père, le baron Annibal de Montluc. Ce qu'il voudra que je fasse, je le ferai. »

Et comme l'officier anglais allait repartir, il ajouta :

« N'auriez-vous pas, monsieur, quelque gazette qui pût me mettre au courant des affaires d'Europe et d'Amérique ? »

L'Anglais tira de sa poche un numéro de l'*Observer* de Boston, qui annonçait la conclusion de la paix, faisait valoir ses avantages et rendait compte d'un incident judiciaire qu'il proclamait lui-même très-singulier. Voici cet incident :

« Tout le monde se souvient du procès qui fut fait au traître lord Kildare le mois dernier, et à la suite duquel ledit traître et lord fut condamné à être pendu et écartelé d'après les lois des trois royaumes et la charte du Massachusetts. On se souvient aussi que M. Prutt, avocat dudit traître et lord, éleva un déclinatoire contre la condamnation si équitable d'ailleurs qui venait d'être prononcée par la cour du comté. Le principal argument de M. Prutt contre la pendaison dudit traître et lord consistait principalement dans ce fait, que Donald O'Brian lord Kildare, ayant été condamné à avoir la tête tranchée en Irlande, ne pouvait pas, n'avait pas le droit, quand même il l'aurait réclamé (et ce n'était pas le cas présent), d'être pendu en Amérique ; que l'axiome *Non bis in idem* s'y opposait fortement. A quoi l'honorable M. Coutts, attorney général, avait répliqué qu'il n'y avait pas lieu d'appliquer le précédent axiome judiciaire *Non bis in idem*, attendu que ledit traître et lord était condamné à avoir le cou tranché en Europe et seulement serré un peu trop fort en Amérique ; qu'il n'y avait donc pas de *bis in idem* dans l'affaire, car serrer le cou d'un lord n'est pas le couper. M. Prutt avait riposté que si ce châtiment n'était pas le même, le crime reproché à son client était tout pareil, et il avait invoqué le droit qu'ont les lords et autres gentils-hommes d'être décapités et non pendus, ce qui convient seulement à des bourgeois et manants de la plus mince espèce.

» C'est alors, on s'en souvient, que lord Percy, fils du duc de Northumberland, intervint dans l'affaire comme témoin, et déclara qu'il était, lui, comme lord et fils de lord, tout à fait indifférent d'ailleurs à lord Kildare, témoin que la pendaison dudit traître et lord Kildare serait contraire aux droits et privilèges des lords des trois royaumes, et qu'à ce titre il croyait devoir s'y opposer, menaçant, si l'on passait outre, d'en appeler au Parlement de la libre Angleterre... Après quoi, sir Robert Carroll, gouverneur du Massachusetts, dé-clara que, la question étant douteuse, il croyait devoir s'en remettre aux instructions et aux ordres que S. M. le roi Guil-laume ne pourrait pas manquer de lui envoyer de Londres.

» Il a donc été sursis à l'exécution dudit traître et lord Kildare. Mais, car il ne serait pas juste que la trahison du lord demeurât impunie, il se rencontre heureusement que l'article 325 du traité de Ryswick, qui vient d'être conclu entre les deux rois, abandonne à la justice des deux royaumes les rebelles qui se sont laissé prendre de part et d'autre ; de sorte qu'on attend par le retour du prochain courrier la décison de Sa Majesté Britannique au sujet de lord Kildare, et qu'on a tout lieu d'espérer qu'il subira le juste châtiment de sa trahison. »

Montluc le Rouge replia le journal et dit au capitaine anglais :

« Je vous remercie, monsieur. Vous me rassurez. Je craignais pour la vie de mon ami. Je crains encore ; mais c'est à sir Robert Carroll à prendre ses précautions, car pour moi, je ne connais ni roi de France ni roi d'Angleterre qui puisse m'empêcher de faire mon devoir... Cependant, si vous pouvez me promettre que lord Kildare sera rendu à la liberté...

— Monsieur, répliqua l'Anglais, je n'ai pas d'autres instructions, » et il partit.

Sans perdre de temps, Montluc le Rouge dit à son jeune frère :

« Charlot, tu as tout entendu. Tu répéteras tout à notre père. Tu lui demanderas ses ordres et tu reviendras sur-le-champ... En attendant, nous allons marcher sur Boston. »

Le jeune garçon monta sur son élan et partit au triple galop. Le noble animal et lui disparurent en une minute dans la forêt.

Montluc le Rouge assembla les chefs des tribus sauvages et leur dit :

« Frères, je vais délivrer mon ami Kildare, ma sœur et ma fiancée Lucy. Venez-vous avec moi?

— Où tu iras, nous irons, » répliqua Pied-de-Cerf.

Aussitôt on leva le camp et l'on se mit en marche.

Ce jour-là, nous fîmes environ quinze lieues.

Pour des troupes européennes, c'était une course fatigante et presque impossible. Pour nos Canadiens et nos sauvages, c'était une étape ordinaire.

Le lendemain, Montluc le Rouge me prit à part et me dit :

« Nous allons certainement rencontrer l'ennemi, car les Anglais sont plus nombreux que nous et mieux armés. J'ai confiance dans la victoire, mais nous pouvons être battus. L'essentiel pour moi est de sauver Kildare ; prenez les devants ; Buffalo, qui connaît tous les sentiers et toutes les forêts de l'Amérique du Nord, vous servira de guide.

— Où dois-je aller ?

— A Boston, mais par une route plus courte et plus difficile que la nôtre. Il faut avertir sir Robert Carroll que la paix dépend de lui seul ; il faut le persuader de rendre Kildare à la liberté ; si vous ne le persuadez pas, il faut l'ébranler, le troubler. Je m'en fie à vous de tout ce que vous jugerez utile ou nécessaire. »

Je partis donc, chargé de cette mission difficile. Buffalo, qui courait comme un cerf malgré son âge, et qui n'avait de chair sur les os que juste ce qu'il en fallait pour que la peau n'y fût pas tout à fait collée, me guidait dans les forêts, me faisait grimper sur les collines, redescendre dans les vallées, galoper dans les plaines... C'était une course enragée.

Quelquefois j'en avais pitié et je le priais de se ménager, sans compter que moi-même, monté sur ma mule, j'avais grand'peine à supporter le voyage, et, suivant la belle expression des gens de Tulle, je me croyais assis sur un amas de noyaux de pêche.

Mais lui, sans s'arrêter, disait toujours :

« Il faut aller en avant. Montluc le Rouge le veut. Ce qu'il veut, Dieu le veut aussi. »

Et, comme à part, il ajoutait quelquefois à demi-voix :

« Ce n'est pas le Père Fleury qui aurait pensé à s'arrêter sur la route quand un de ses amis était en danger. Oh! non! non! »

Et alors, plein de honte de ne pas pouvoir égaler le Père Fleury aux yeux de ce vieux sauvage, je pressais de l'éperon les flancs de ma pauvre mule, qui semblait du reste aussi enragée et aussi dératée que lui-même.

Enfin le quatrième jour, au coucher du soleil, nous arrivâmes aux portes de Boston, grande et noble ville de plus de six mille âmes.

J'enroulai un mouchoir blanc autour d'un bâton et je m'avançai à quelques pas de la muraille, non sans crainte de recevoir des balles. Mais la sentinelle reconnut le drapeau parlementaire et avertit le poste. On vint au-devant de moi, et j'expliquai en français que j'étais envoyé par M. de Montluc pour porter un message important à sir Robert Carroll, gouverneur général des six provinces de la Nouvelle-Angleterre.

L'officier du poste me conduisit sur-le-champ à la maison de sir Robert Carroll.

M. le gouverneur général était à table avec son état-major lorsqu'il me reçut.

Je dois avouer qu'il se leva très-poliment, quoique Anglais, et me fit l'accueil le plus flatteur, ce qui me rassura un peu, car les habitants de Boston, en voyant mon habit ecclésiastique, m'avaient poursuivi de huées et de malédictions, en criant :

« A bas le papiste ! »

Il eut même la courtoisie, devinant à ma mine fatiguée que je venais de faire un long voyage, de m'offrir un verre de sherry et une tranche de jambon, qui furent bientôt suivis de plusieurs autres verres et de plusieurs autres tranches que je ne crus pas devoir refuser. Je venais en ami et non en ennemi. Un quart d'heure plus tard, il me demanda quelle était ma mission.

J'expliquai alors, le plus doucement que je pus, que je venais, comme ministre de la sainte religion catholique, comme Français et dans l'intérêt de la paix, pour demander la mise en liberté de lord Kildare.

« Ce traître! s'écria un jeune gentilhomme, qui était assis à la droite de sir Robert Carroll; j'espère bien, mylord gouverneur, que vous n'avez pas le projet de le soustraire au châtiment qu'il a si bien mérité.

— Mylord Percy, répliqua sir Robert Carroll, je n'ai aucune intention, si ce n'est de remplir mon devoir, qui est d'attendre les ordres de Sa Majesté Britannique et de m'y conformer.

— Mylord gouverneur, demandai-je alors, la paix est faite, et il ne tient qu'à vous qu'elle soit éternelle. Les prisonniers doivent être rendus à la liberté.

— Les prisonniers des deux nations, oui, mais non les traîtres! » répliqua sir Robert Carroll.

Tout ce que je pus dire pour le fléchir ne le persuada pas. Au fond, je pense qu'il craignait une révolte du peuple de Boston s'il délivrait lord Kildare.

J'expliquai alors que la paix était à ce prix, et qu'on s'exposait, en voulant exécuter lord Kildare, à faire mettre Boston à feu et à sang par les Canadiens de Montluc et par les Sauvages. Sir Robert Carroll répondit, avec un air de mépris, que grâce au ciel l'armée de Sa Majesté Britannique était assez nombreuse, assez connue par son courage et assez bien commandée pour ne rien craindre de telles menaces. Tout l'état-major applaudit.

Je demandai alors la permission de rendre visite à M<sup>lle</sup> Athénaïs de Montluc et à miss Lucy, ce qui me fut accordé sur-le-champ.

Je n'avais jamais vu M<sup>lle</sup> Athénaïs de Montluc, mais je la reconnus au premier coup d'œil, tant elle ressemblait à son père et à son frère.

Grande, svelte, élancée, gracieuse, douce et fière, elle avait sur son visage l'empreinte de deux races, dont l'une est la plus intrépide et l'autre la plus intelligente de l'univers.

A côté d'elle, miss Lucy était différente sans être inférieure. Toutes deux ressemblaient à deux sœurs : la France qui grandit au soleil et l'Irlande qui vit au milieu des brouillards de l'Océan.

Quand j'entrai, M<sup>lle</sup> de Montluc se leva, étonnée de voir pour la première fois, à Boston, un prêtre catholique. Peut-être même craignait-elle quelque piége et quelque déguisement; mais je tirai de ma soutane un billet de son frère, ainsi conçu :

« Chère sœur,

» M. le curé de Gimel, qui te remettra ceci, est un de nos meilleurs amis. Il te dira que le jour de la délivrance approche pour toi et pour Lucy. Par quel moyen, c'est ce que je ne sais pas encore. Écoute-le. Aie confiance en lui.

» MONTLUC LE ROUGE. »

« Pour Kildare, s'il vit encore, il sera sauvé. Mais s'il a péri, chaque goutte de son sang sera payée d'une pinte de sang anglais. »

« Monsieur le curé, dit M<sup>lle</sup> de Montluc, M. de Kildare vit encore, mais on peut recevoir à toute heure l'ordre de l'exécution. Sauvez-le! Au nom du ciel, sauvez-le! »

Et alors elle me fit raconter les exploits de son frère et la défaite des Anglais. J'ajoutai qu'il était en marche avec une puissante armée de Canadiens français et de Sauvages. Je parlai aussi de la paix déjà conclue entre la France et l'Angleterre, à Ryswick, et de l'abandon que chacun des deux rois avait fait à son adversaire des prisonniers rebelles.

« Alors, s'écria miss Lucy, qui se tenait auprès de son amie, on va m'emmener en Angleterre et lord Kildare est perdu!... »

Elle se jeta dans les bras de M$^{lle}$ de Montluc qui lui répondit :

« Ne crains rien! mon frère est là. » M$^{lle}$ de Montluc avait l'air si assuré en disant ces simples mots, qu'on aurait cru qu'elle avait parole du Dieu des armées que Montluc le Rouge ne pouvait pas être vaincu.

« Avez-vous vu lord Kildare depuis sa condamnation, demandai-je?

— Non. Mais M. Prutt, son avocat, le voit tous les jours dans sa prison et nous en donne des nouvelles.

— Que dit M. Prutt?

— Que lord Kildare garde tout son courage, qu'il compte sur mon frère... »

Tout à coup il me vint une idée. Je demandai l'adresse de M. Prutt, avocat, et je sortis.

M. Prutt demeurait dans une rue assez large, au centre de la ville.

Sa maison, bâtie à la diable, comme on dit dans mon pays natal, était faite de poutres et de bardeaux, et comprenait deux étages. Au rez-de-chaussée le bureau de

M. Prutt ; en face, le parloir qu'en France on appelle salon ;. par derrière, la cuisine et les communs, plus en arrière encore un assez grand jardin.

Au premier étage, la chambre à coucher de M. et de Mᵐᵉ Prutt. En face, sur le même palier, une sorte de dortoir où les six filles de M. Prutt goûtaient pendant la nuit les douceurs du sommeil. Au second étage, qui servait en même temps de grenier, se trouvait le dortoir des quatre jeunes garçons de M. Prutt et, en face du dortoir, la soupente où couchait une vieille servante anglaise.

Quant aux meubles, les uns étaient faits de noyer et les autres d'érable, mais tous également simples, propres et assez commodes. Rien n'était donné au luxe et à la magnificence, mais tout au comfort, comme disent les Anglais dans leur patois ; en d'autres termes, les chaises étaient faites pour s'asseoir et les écuelles pour manger la soupe.

En traversant la cuisine, je ne vis, outre une table de chêne et une chaise, que quatre meubles, un grand pot de terre pour faire bouillir la viande, une grande broche pour la faire rôtir, une sorte de cafetière pour le thé et un rouleau de bois pour le pudding et la pâtisserie.

La maison, comme on voit, n'avait rien de remarquable ni de très-différent des maisons voisines ; une seule chose m'étonna, car j'étais encore trop nouveau en Amérique pour en comprendre l'utilité. Cette maison était posée sur des roulettes énormes, de façon qu'avec quatre forts chevaux on pouvait la transporter à la campagne en lui faisant traverser toute la ville, dont les rues, heureusement, sont fort larges, comme dans tous les pays où la population est peu nombreuse.

C'est de M. Prutt que je tiens ces renseignements.

M. Pruit me reçut avec courtoisie.

Ce savant et courageux [jurisconsulte me reçut avec la gravité de sa profession, de son âge et de son caractère ; il me fit asseoir sur une chaise de bois, s'assit lui-même dans un large fauteuil, me regarda par-dessus ses lunettes, et demanda d'un air engageant quel accident heureux ou malheureux lui procurait l'avantage de recevoir la visite du savant ecclésiastique de la religion romaine que je paraissais être.

Je répliquai qu'il s'agissait en effet d'un accident très-malheureux ou plutôt d'une affaire très-grave, et, après avoir décliné mon nom et mes qualités, je lui parlai de lord Kildare.

A ce nom, M. Prutt tira de sa poche sa tabatière d'écorce à queue de rat, l'ouvrit avec lenteur, m'offrit d'y puiser (je refusai), enfonça le pouce et l'index, saisit une pincée de tabac d'Espagne, l'aspira avec soin, d'abord par la narine de droite, ensuite par la narine de gauche, secoua son jabot non sans grâce, croisa les jambes, remit sa tabatière dans la poche droite de son habit, rajusta ses lunettes qui descendaient de minute en minute sur le bout de son nez et dit enfin :

« Lord Kildare, monsieur le curé, est un homme à la mer. Les amis de cet infortuné gentilhomme n'ont plus qu'à préparer son tombeau. »

Et comme je ne pouvais cacher mon émotion en apprenant cette triste nouvelle :

« Monsieur le curé, continua M. Prutt, pourquoi vous affliger ? La vie est courte. Tôt ou tard nous devons en sortir.

— Oui, mais...

— La vie, Monsieur, reprit M. Prutt, qui sans doute se

sentait en veine d'éloquence, la vie est comme une vallée, tantôt agréable, verte et bien cultivée, tantôt rocheuse et stérile, d'où l'on sort par un souterrain obscur (la mort), pour entrer dans une autre vallée que personne de ceux qui l'ont vue n'a pu nous décrire, personne (j'entends aucun de nos amis ou de nos ennemis) n'ayant repassé le souterrain. »

Il ajouta quelques autres comparaisons et raisonnements pour m'expliquer qu'il fallait suivre son exemple et prendre mon parti du sort que la Providence réservait à M. de Kildare.

A la fin, je lui dis :

« Monsieur Prutt, vous passez à juste titre pour le plus honnête et le plus habile jurisconsulte du Massachusetts... »

C'était une politesse et même une flatterie que Dieu me pardonnera sans doute en faveur de l'intention. D'ailleurs, c'était peut-être vrai.

Il se caressa doucement le menton comme un jurisconsulte à qui l'on n'aurait fait que rendre justice.

Je poursuivis :

« Vous êtes sans doute convaincu comme moi, monsieur Prutt, de l'innocence de votre client. »

Il dit : « Hum ! hum ! » Ce qui n'était guère encourageant.

« Vous en êtes convaincu, repris-je avec plus de force, puisque vous l'avez plaidée ? »

Il se mit à rire.

« J'ai plaidé, monsieur le curé, mais je n'en jurerais pas ! Nous autres avocats... »

Avant qu'il eût le temps d'expliquer sa pensée sur les plaidoiries des avocats, je l'interrompis :

« Monsieur Prutt, lui dis-je alors, connaissez-vous quelque moyen légal de sauver lord Kildare ? »

Il me regarda par-dessus ses lunettes et répondit :

« Légal ?... Non.

— Alors vous croyez qu'aussitôt que l'ordre d'exécution sera venu d'Angleterre...

— On lui coupera la tête, oui, monsieur.

— Et cet ordre arrivera bientôt ?

— Peut-être aujourd'hui, peut-être demain, monsieur. »

Je réfléchis quelques instants, car la proposition que j'allais faire en valait la peine, et je repris enfin :

« Monsieur Prutt, connaissez-vous quelque moyen illégal d'arriver au même but ?

— Illégal !... Monsieur le curé, s'écria-t-il, mon métier n'est pas d'en chercher. »

Cette réponse ambiguë n'était pourtant pas décourageante.

« Je ne vous demande pas d'en chercher, monsieur Prutt, lui dis-je, mais si l'intérêt de la ville de Boston, votre patrie, et du Massachusetts tout entier était de ne pas laisser se consommer ce meurtre abominable, ou plutôt cet assassinat... »

Tout en parlant, je suivais dans ses yeux le progrès de mon éloquence, mais M. Prutt demeurait impassible. Cependant, par complaisance sans doute, il dit :

« En effet, il y a des jours où l'intérêt public peut commander certaines dérogations extraordinaires à la loi, mais...

— Eh bien, monsieur Prutt, je veux bien, mais sous la foi de votre honneur, vous révéler un secret terrible d'où dépend le sort d'une ville entière... M. de Montluc, Montluc le Rouge que vous connaissez, a juré de mettre Boston à feu et à sang si l'on touche à un seul cheveu de la tête de lord Kildare.

— Ah ! en vérité ! » dit-il en riant.

Et il riait.

«... Mais Montluc le Rouge, qui n'a pas empêché de brûler la maison de son père, doit savoir que le Massachusetts à
lui seul peut armer vingt mille miliciens intrépides, que la
garnison de Boston est composée de six mille Anglais, tous
vaillants soldats de l'armée du roi Guillaume, qu'une flotte
puissante et invincible croise en ce moment sur les côtes de
l'Amérique... »

Il énuméra encore vingt autres moyens de défense et
d'attaque, puis il ajouta :

« Et vous croyez que Montluc le Rouge, si brave qu'il
soit (et je reconnais qu'il n'a pas son maître sur ce continent), pourrait avec trois cents Canadiens et quelques centaines de Sauvages (ces derniers toujours prêts à le trahir),
pourrait attaquer une flotte, une armée et une milice si
redoutables, et je puis dire tout à fait invincibles !

— Je ne sais pas s'il le pourra, monsieur Prutt, mais
je sais qu'il le fera.

— Après tout, c'est probable, reprit M. Prutt, mais que
voulez-vous en conclure ?

— Qu'il faut m'aider à prévenir tous ces malheurs,
monsieur Prutt, en favorisant la fuite de lord Kildare. »

Alors il me fit entendre, sans le dire expressément, qu'il
n'avait aucune horreur pour cette proposition, mais qu'il
voulait savoir, avant tout, quel bénéfice il en retirerait, lui
Prutt, jurisconsulte honoré, père de famille respectable,
dévoué au bien public, à la vieille Angleterre, au roi Guillaume, etc., etc.

C'était le côté embarrassant de ma négociation, car ma
poche était vide ou à peu près.

Il s'en aperçut aisément et ajouta :

« Vous comprenez, du reste, monsieur le curé, qu'un homme de mon âge, de mon caractère, un ancien de sa congrégation, ne peut pas se lancer comme un étourdi dans une entreprise téméraire. »

Pourtant, à force d'insister, de tourner et retourner cette âme, à force de faire entrevoir des trésors, qu'à la vérité je n'avais pas dans ma bourse, mais que mes amis avaient et seraient heureux de répandre, il finit par m'indiquer un moyen hasardeux. « Car, me dit-il, si vous échouez, vous pouvez être pendu, mais c'est votre affaire et non la mienne. »

Quant à moi, voyant le danger où se trouvait lord Kildare, je n'hésitai pas à suivre son conseil, quoique la pensée d'être pendu me fît frémir, comme d'ailleurs elle fera frémir, j'en suis sûr, les âmes les plus courageuses et les plus chrétiennes.

On venait de poser deux affiches.

# CHAPITRE X

Nouvelles contradictoires.

J'allai donc à la prison de lord Kildare en sortant de la maison de M. Prutt, qui me répéta sur le seuil de la porte que l'entreprise était illégale et que, en cas d'échec, je ne devais m'attendre à aucune pitié.

Donald O'Brian, comte de Kildare, était assis sur un grabat et écrivait des vers en l'honneur de M<sup>lle</sup> de Montluc, au moment où j'entrai.

Le jeune et brillant gentilhomme m'accueillit avec un sourire charmant, et quand je lui eus expliqué l'objet de ma mission, il me dit gaiement :

« Vous voyez, monsieur le curé, que je n'avais pas tort de

vouloir vous emmener en Amérique. Je me doutais que
j'aurais besoin de vous pour me donner au dernier moment
les secours de la religion. Il est doux de mourir en mettant
sa main dans la main d'un ami. »

Je ne répéterai pas notre conversation. On en verra bientôt les effets.

Au moment où je sortais de la prison, toute la ville était
en rumeur.

Les gentlemen de Boston (comme aussi les dames et les
misses) étaient debout dans les rues, le nez collé contre les
murs, et lisaient des affiches de grande dimension qu'on
venait de poser par ordre de S. Exc. sir Robert Carroll,
gouverneur du Massachusetts.

La première était ainsi conçue :

« Son Excellence a l'honneur d'avertir les habitants de
la Nouvelle-Angleterre que la paix vient d'être conclue à
Ryswick entre le roi des Iles Britanniques et le roi de
France, et qu'elle a été ratifiée il y a six semaines à Londres
et à Versailles.

» Son Excellence invite tous les citoyens de la Nouvelle-
Angleterre à célébrer cet heureux événement par des
prières publiques, qui sont fixées au 15 août prochain.

» Signé : Robert Carroll. »

Au-dessous de cette première affiche était apposée la
suivante :

« La frégate le Thames, arrivée depuis trois jours à
New-York, apporte la décision de S. M. le roi Guillaume
(dont le nom soit à jamais béni !) sur le cas du traître lord
Kildare, condamné par le parlement d'Angleterre à être
décapité dans Londres pour crime de rébellion, et par la

Lord Kildare la recueillit...

cour du comté de Boston à être pendu dans cette ville pour crime de haute trahison.

» Sa Majesté, considérant qu'il n'est pas d'usage de pendre et de décapiter le même homme pour deux crimes différents, et qu'on n'en trouve jusqu'ici aucun exemple dans les lois, les usages et les traditions de la libre Angleterre;

» Considérant, de plus, que préférer la seconde condamnation à la première et le jugement d'une cour de comté au jugement du Parlement anglais serait diminuer le respect qu'on doit au Parlement, qui est l'âme de la nation et le gardien de sa liberté;

» Considérant, de plus, que Donald O'Brian, ci-devant comte de Kildare, jouit, comme pair d'Angleterre, du droit imprescriptible d'être décapité et non pendu; considérant néanmoins qu'il y aurait aussi de graves inconvénients que le condamné fût transporté en Angleterre, ce qui retarderait et peut-être empêcherait l'exécution de l'arrêt;

» Ordonne que ledit traître Donald O'Brian sera décapité sur une des places publiques de Boston, au choix du gouverneur, vingt-quatre heures après la publication de ladite ordonnance, en vue du peuple loyal du Massachusetts, lesdites vingt-quatre heures étant accordées audit rebelle et traître pour veiller au soin de son âme. L'exécution aura lieu demain mercredi, à midi, dans Market-Place.

» Signé : ROBERT CARROLL. »

Si j'avais pu hésiter encore à tout tenter pour l'évasion de lord Kildare, cette affiche aurait suffi pour me décider. Mais au moment où je me retirais, une autre proclamation attira mes regards. Tout le monde la lisait avec étonnement d'abord, puis avec frayeur.

La voici :

« Son Excellence a l'honneur d'avertir les miliciens de
la ville Boston et du Massachusetts qu'elle a reçu de graves
nouvelles de la frontière. Malgré la conclusion de la paix de
Ryswick, les Français, toujours perfides et violateurs des
traités, ont recommencé les hostilités. Un certain Montluc
le Rouge, partout connu par ses crimes, a rassemblé environ
sept ou huit cents Canadiens, de ceux qu'on appelle *Bois-
Brûlés*, et qui n'appartiennent à aucune race et à aucune
nation civilisée. Par ses mensonges et par d'autres moyens
encore moins avouables, il a décidé plusieurs milliers de
sauvages à le suivre. Au mépris de toutes les lois divines et
humaines, ces brigands ont envahi le Massachusetts et mar-
chent sur Boston, qu'ils ont juré, disent-ils, de mettre à feu
et à sang. Déjà plusieurs centaines de fermes ont été pillées
et brûlées, les bestiaux ont été enlevés.

» Le brave colonel Maccarthy, qui commandait le 1ᵉʳ régiment de highlanders, voulut en vain représenter à Montluc le Rouge que la paix était conclue et ratifiée entre les
deux rois de France et d'Angleterre. Ce brigand a répondu
qu'en l'absence du Roi Très-Chrétien, sans doute trompé
par ses ministres, il ne reconnaissait d'autre maître et
souverain sur la terre que son propre père, le baron
Annibal de Montluc, que les sauvages appellent le *Grand
Ours noir*.

» Le colonel Maccarthy a vainement essayé de conférer
avec ce dernier. Le *Grand Ours noir*, qu'on avait envoyé
chercher et qui, accablé par l'âge et par ses blessures, s'é-
tait fait transporter avec peine au camp, a déclaré que,
n'ayant jamais reçu aucun secours ni aucune protection
du Roi de France (qui même avait voulu autrefois lui faire

·couper la tête), il ne lui devait aucune obéissance avant
·qu'on eût souscrit aux trois conditions suivantes :

» 1° On lui rendrait M<sup>lle</sup> de Montluc et sa compagne Lucy.

» 2° On rendrait la liberté à lord Kildare.

» 3° La ville de Boston, soit à elle seule, soit avec l'aide
·des six provinces de la Nouvelle-Angleterre, lui payerait
une somme de six millions en argent, dont les deux tiers
·pour indemniser son ami Gandar des frais de l'expédition,
et le dernier tiers pour faire reconstruire le château de la
'Tour-Montluc au milieu du lac Érié.

» 4° Tout ce qu'il y avait de vivres, de vêtements, de
·whisky et d'armes dans la ville de Boston serait livré aux
·sauvages qui le suivaient.

» Faute de quoi la ville serait brûlée, et si lord Kildare
·était décapité, cinquante des plus notables gentlemen se-
·raient pendus.

» A ces demandes insolentes, le colonel Maccarthy ré-
·pondit, comme il devait le faire, c'est-à-dire à coups de fusil,
·et nos braves highlanders ont remporté une victoire com-
plète. Trois cents Canadiens et plus de neuf cents sauvages
·ont été tués, parmi lesquels Montluc le Rouge. On ne connaît pas encore le nombre des blessés. Nos pertes sont
légères.

» La nuit empêcha le brave colonel Maccarthy de pour-
·suivre les vaincus. Vers trois heures du matin, il jugea con-
venable de rapprocher ses cantonnements de Boston pour
s'approvisionner de vivres et de munitions.

» Quoique la victoire du colonel et le châtiment qu'il a
infligé aux Français garantissent le maintien de la paix,
Son Excellence a cru devoir envoyer des renforts au colonel Maccarthy. Trois mille soldats partiront donc pour le

rejoindre, et les miliciens du Massachusetts sont appelés
sous les armes.

» Signé : ROBERT CARROLL. »

Malgré ce bulletin de victoire, la ville était consternée.
Mais ma consternation était bien plus grande encore. La
mort de Montluc le Rouge était le plus terrible malheur
qui pût nous arriver à tous. Cet intrépide gentilhomme était
vraiment notre seule espérance. Il était le seul en qui tous,
Français ou sauvages, eussent une confiance égale.

Pendant que, la tête baissée, les larmes aux yeux, je
lisais et je relisais cette proclamation funeste, j'entendis
un bourgeois qui disait à son voisin :

« Eh bien ! que pensez-vous de tout ça, Thompson?

— Je pense, répondit l'autre, que je voudrais bien être
armurier et non boulanger. Par le temps qui court, je serais
plus sûr de faire mes affaires.

— Vous n'avez donc pas confiance?

— Eh ! reprit Thompson en baissant la voix, vous ne
voyez donc pas que nous sommes battus? La victoire du colonel Maccarthy est un mensonge. S'il était vainqueur, est-
ce qu'il reviendrait à Boston? Est-ce qu'on lui enverrait
trois mille hommes de renfort? Est-ce qu'on ferait mettre
toute la milice sous les armes?

— C'est vrai, ça; vous avez peut-être raison, compère,
continua l'autre... Mais au moins Montluc le Rouge est tué.
C'est toujours ça de gagné.

— Et vous croyez ça, dit Thompson en levant les épaules,
vieux badaud !

— Puisque le gouverneur l'imprime !

— Il a imprimé, il imprime et il imprimera bien d'autres

mensonges avant de mourir, allez! Si Montluc le Rouge
était tué, sa troupe serait dispersée, Maccarthy serait vainqueur, il marcherait en avant comme un Cromwell, au lieu
de reculer comme une écrevisse...

— Mais alors...

— Eh bien, alors, il faut dérouiller sa carabine et
aiguiser son sabre, si vous en avez, compère!

— Au moins, ajouta l'autre, nous aurons demain le
plaisir de voir décapiter un lord. »

Sur cette pensée consolante, ils se séparèrent. Je courus
moi-même à la maison d'État, où je pensais obtenir des
nouvelles plus certaines de ce qui s'était passé.

Toute la maison était dans un trouble singulier. Les
bourgeois de Boston remplissaient l'antichambre du gouverneur et les corridors.

Les officiers de la milice et de l'armée entraient et sor-
taient d'un pas pressé, comme si le salut de l'État eût
dépendu de leur vitesse. Les employés s'agitaient, parlaient, agitaient leurs plumes, renvoyaient bien loin les
questions et les questionneurs, et redoublaient d'importance et de gravité.

Je me glissai, sans être remarqué, à travers cette foule et
j'entrai dans une sorte de grand salon, où les dames et les
misses les plus considérables de Boston étaient réunies en
groupes et travaillaient de toute la force de leurs langues
au salut du Massachusetts. Parmi elles, mais un peu à
l'écart, se trouvaient M<sup>lle</sup> de Montluc et miss Lucy.

Celle-ci avait les larmes aux yeux et je vis par là qu'elle
connaissait la funeste nouvelle. Mais ce qui m'étonna beaucoup, ce fut la contenance ferme, assurée et même tout à
fait joyeuse de M<sup>lle</sup> Athénaïs. Certes, je la connaissais trop

pour lui croire un cœur dénaturé. D'où venait donc cette joie? Elle vint à moi aussitôt qu'elle m'aperçut et dit en me tendant la main :

« C'est vous, monsieur le curé?... Vous savez notre victoire, sans doute? »

Et comme je la regardais stupéfait :

« Il vit! s'écria-t-elle d'une voix éclatante. Il vit pour le salut de ses amis et la terreur de ses ennemis! Il vit!... Mon cœur me le dit, et si j'en pouvais douter, la consternation de ces bourgeois et de ces officiers en serait une marque certaine. » Puis plus bas : « J'en ai d'ailleurs une preuve plus sûre et que je vous prie de garder pour vous, monsieur le curé, car c'est un secret qui m'a été confié... Lord Percy me l'a dit!

— Lord Percy!

— Oui, lui-même, monsieur le curé. Vous savez bien que le jeune lord n'a pas de secrets pour moi dans les affaires politiques et qu'il se propose, maintenant que la paix est conclue entre les deux peuples, de me demander en mariage à mon père. Il a même le projet (c'est lui qui me l'a dit) d'obtenir pour ma dot trois cents lieues de forêts en long et en large, du côté du lac Michigan, ce qui lui permettrait, avec l'aide de mon père et de mon frère, de me faire reine d'un petit royaume aussi beau que celui d'Angleterre et qui ne dépendrait de personne, car lord Percy n'est pas du tout, comme vous pourriez croire, un sujet fidèle du roi Guillaume; il me disait hier encore que son père, le duc de Northumberland, a eu pour maîtres Charles Ier, Cromwell, Charles II, Jacques II et enfin Guillaume III, et que tous ces gens-là n'étaient pas de meilleure race que lui, au contraire!... »

Je pris la liberté d'interrompre M^lle de Montluc et de lui demander :

« Mais vous, mademoiselle, qu'en pensez-vous? Voulez-vous être reine du Michigan?

— Monsieur le curé, répondit-elle gaiement, je suis prisonnière. Quand je serai libre, entre mon père et ma mère, je dirai ce qui me convient... Pour revenir à mon frère, soyez sûr qu'il est vivant et libre, lord Percy m'en a donné sa parole. Et s'il est vivant et libre, je suis sûre, moi, qu'il est vainqueur! Jamais, non jamais, mon frère ne sera vaincu! S'il l'était, je sais qu'il faudrait porter son deuil.

— L'avez-vous dit à miss Lucy? lui demandai-je.

— Pourquoi faire? Lucy le répéterait à tout le monde, ce qui compromettrait lord Percy et l'empêcherait de continuer ses confidences.

— Mais, pourtant...

— Pourtant, je vous le dis, à vous, n'est-ce pas? ajouta-t-elle en riant. Mais vous, n'êtes-vous pas mon confident? »

Comme M^lle de Montluc finissait de parler, je vis que notre conversation attirait les voisins, et en particulier un jeune gentilhomme, bien fait, de mine fière et presque impertinente, qui s'approcha et la salua respectueusement. Mais elle l'écarta d'un geste de la main, qui n'avait rien d'offensant, et lui dit :

« Mylord, laissez-nous pour un moment. »

Il obéit en grondant un peu, et M^lle de Montluc me dit à demi-voix :

« C'est lord Percy. »

Alors j'expliquai à la vaillante demoiselle le projet que j'avais formé pour le salut de lord Kildare et l'obstacle qui m'arrêtait, c'est-à-dire le défaut d'argent...

Elle ôta de son doigt une bague ornée d'un diamant ines-
timable et me dit de son grand air de reine : « Portez ceci
chez un bijoutier, demandez-en mille livres sterling et dites-
lui de ma part que mon père le rachètera deux fois plus
cher avant trois mois. »

Rien n'était plus admirable que la confiance de cette intrépide sœur de Montluc le Rouge, — rien, si ce n'est la
confiance du bijoutier, qui regarda la bague, reconnut la
célèbre devise des Montluc : *Ego et Rex*, courut chez ses
confrères et me rapporta les mille livres sterling une heure
après. Cette fois, j'avais des moyens d'action. Il ne me manquait plus que d'obtenir la permission d'assister lord Kildare à ses derniers moments, et je courus chez sir Robert
Carroll pour la solliciter.

Le gouverneur me reçut avec un mélange de politesse et
presque de déférence dont je fus bien étonné, et qui me
donna l'idée que ses affaires allaient mal. Il me sembla
qu'il ménageait en moi un intermédiaire possible entre les
Français et lui.

J'essayai d'abord d'obtenir la grâce de lord Kildare ou
du moins qu'on retardât son exécution.

« J'en suis bien fâché, dit-il, car cette exécution est aussi
injuste qu'impolitique, mais l'ordre du Roi est là. Le ministre Somers se plaint qu'on n'a déjà que trop tardé.
A retarder encore, je manquerais à mon devoir. »

Il ajouta ensuite quelques paroles obligeantes pour moi
et vanta mon dévouement. Enfin il signa l'autorisation
pour moi de donner les derniers secours de la religion au
prisonnier et de quitter Boston un quart d'heure après.

Je pris de ses mains ce billet et, comme j'allais sortir de
son cabinet, je le laissai tomber par hasard et me baissai

Montluc le Rouge pressait les Highlanders par derrière.

pour le ramasser. Le même hasard voulut que je visse en
même temps un autre papier écrit assez négligemment en
tête duquel étaient ces mots : « Excellence, un malheur
terrible... » et en queue, la signature : « Maccarthy,
colonel du 1er régiment de highlanders. »

Je pliai ce papier avec le mien, sans être aperçu de sir
Robert Carroll, dont une table chargée de livres et de dos-
siers me séparait, et je me hâtai de refermer la porte, afin
de me trouver seul et de lire commodément ce papier dont
je soupçonnais l'importance.

Voici la dépêche du colonel Maccarthy :

« Excellence, un malheur terrible vient de nous frapper.
A la suite de l'ordre que vous m'aviez donné de marcher à la
rencontre de Montluc le Rouge, je me suis trouvé tout à coup
face à face avec lui, à trente lieues environ du lac Ontario,
dans une forêt immense traversée d'une chaîne de collines
et de deux ou trois rivières dont j'ignore les noms : mauvais
champ de bataille pour des troupes régulières.

» Quelques miliciens de Boston qui nous servaient
d'éclaireurs (car nous n'en trouvons plus parmi les Peaux-
Rouges, sur qui ce gentilhomme sauvage semble exercer
un empire extraordinaire) m'ont appris qu'il avait avec
lui trois cents Canadiens et quelques milliers de sauvages ;
mais, outre que les flèches de ceux-ci ne sont pas très-redou-
tables, je pensai et tous mes officiers pensèrent avec moi
que la peur grossissait les objets et que la troupe de
Montluc le Rouge ne montait guère à plus de sept ou huit
cents hommes, Français ou sauvages.

» Cependant, conformément à vos instructions, je lui fis
demander une entrevue... »

Suivaient les détails de l'entrevue et les demandes de

Montluc le Rouge et de son père, porté au camp sur une litière à cause de ses blessures. C'est ce qu'on a vu déjà.

« Quant au combat qui suivit, je n'en puis rien dire, si ce n'est qu'après la première décharge mes braves highlanders se précipitèrent claymore en main sur l'ennemi avec leur courage ordinaire, le mirent en fuite et le poursuivirent pendant cinq ou six cents pas, — aucun de ces misérables Peaux-Rouges n'ayant osé affronter le combat corps à corps. Malheureusement, au moment où je croyais la victoire décidée et Montluc le Rouge en fuite, je m'aperçus, en tournant la tête, qu'il venait prendre mes highlanders par derrière avec ses Canadiens, et en quelques minutes une moitié de ma troupe fut tuée ou blessée.

» Il ne nous restait plus qu'à chercher un passage l'épée à la main à travers les Canadiens victorieux. C'est ce que nous avons fait. Montluc le Rouge, qui s'en aperçut, voulut nous en empêcher; mais, par un coup heureux, son cheval fut tué sous lui, de sorte qu'il perdit du temps à se dégager. Des deux côtés on le crut mort, et je me hâtai de le faire crier de rang en rang pour mettre le désordre dans sa troupe et rallier les miens. Mais il n'en fut rien, et je n'eus que trop occasion de le voir à la vigueur de la poursuite. Sans la nuit qui survint, aucun de nous peut-être n'aurait échappé.

» Il me reste environ cent cinquante hommes. Tout le reste est tué, blessé ou prisonnier. Le lieutenant Campbell, qui vous portera ces funestes nouvelles, vous dira le reste et la nécessité de nous envoyer des renforts. Nos éclaireurs n'avaient que trop raison. Les Peaux-Rouges qui suivent Montluc sont au nombre de plusieurs milliers. Sept ou huit

cents ont reçu de lui des carabines dont ils se servent avec
trop d'adresse. Il leur a promis le pillage de Boston et de
toutes les villes de la côte.

» MACCARTHY. »

Tout se découvrit.

# CHAPITRE XI

La prise de Boston.

Cette dépêche m'expliqua la politesse inattendue de sir Robert Carroll. Malheureusement elle ne sauvait pas lord Kildare, car l'ordre d'exécution était donné, et le gouverneur n'avait pas le pouvoir de faire grâce. Je courus donc à la prison, où, grâce au laisser-passer dont j'étais muni, j'entrai sans obstacle.

Il était environ cinq heures du soir, et le geôlier se délectait avec sa femme et ses enfants, en soupant d'un reste de pudding et d'un broc de pale ale mousseuse qu'il venait d'acheter chez l'apothicaire du coin, ainsi qu'il prit la peine de me l'expliquer quand il me vit entrer. Le médecin, ajouta-t-il, le lui avait ordonné pour sa santé, et comme preuve il me montra que les verres du reste de la famille ne contenaient que de l'eau.

On pense bien que je ne m'amusai pas à le chicaner là-dessus ni sur une autre violation des lois de l'État que révélait assez une bouteille de whisky à demi vidée et cachée derrière sa chaise. Le whisky sans doute n'était pas moins nécessaire à sa santé que la pale ale.

Je le priai seulement (en lui montrant de loin une guinée d'or) de m'introduire dans la cellule de lord Kildare.

La pièce d'or eut sur lui le même effet que produit, dit-on, sur les petits oiseaux l'œil de la vipère. Il la suivit jusqu'à la cellule de lord Kildare, ouvrit la porte, et déjà tendait la main pour la saisir, lorsque je la retirai et lui dis :

« Tom!... (c'était son nom), voulez-vous fermer les yeux et je vous en donnerai cent fois autant! »

Au lieu de les fermer, il les ouvrit d'un air inexprimable d'admiration, de curiosité et de cupidité.

« Que faut-il faire?

— Presque rien. Allez me chercher une paire de ciseaux et fermez les yeux... Surtout, pas un mot à votre femme ni à vos enfants! Il y va des cent guinées! »

Il obéit. Je refermai la porte sur lui, je traçai, au moyen des ciseaux, une tonsure sur la tête de lord Kildare, que j'avais déjà dépouillé de sa perruque et dont les cheveux noirs étaient à peu près de la couleur des miens. J'échangeai mes habits contre les siens ; je lui donnai mon bréviaire, je lui recommandai de baisser modestement les yeux, et je rappelai le geôlier qui poussa un cri d'étonnement en voyant cette métamorphose et voulut appeler au secours. Rien n'était plus dangereux, car un poste de vingt soldats gardait la prison et lord Kildare n'avait pas d'armes, non plus que moi.

Mais l'or, qui, suivant le mot d'un ancien, pénètre dans les forteresses les mieux gardées, fit son effet ordinaire. Cent guinées, que je tirai de ma poche, adoucirent l'âme du geôlier. Je promis, il est vrai, d'en donner trois cents autres aussitôt que j'aurais la preuve certaine que lord Kildare était en sûreté dans le camp français.

« Au moins, dit le geôlier, attachez-moi et bâillonnez-moi un peu, de sorte qu'on ne me soupçonne pas d'être complice de votre évasion. »

Nous ne pouvions pas lui refuser cette demande si raisonnable. Il fut lié des pieds et des mains, bâillonné avec un mouchoir, jeté à terre comme un paquet, et lord Kildare sortit sans difficulté de la prison, grâce à mon costume que les factionnaires connaissaient. De là, il traversa la ville, qui par bonheur était enveloppée d'un épais brouillard, passa sous la porte des fortifications, montra son laisser-passer signé de sir Robert Carroll et gagna le camp français.

Moi cependant, coiffé de la perruque et revêtu des habits de ce jeune gentilhomme, couché sur son lit, la tête tournée vers le mur, j'attendis dans un profond silence et non sans inquiétude les suites de cette aventure.

Vers le soir, la geôlière, très-étonnée de l'absence de son mari et de la perte de ses clefs qu'on ne retrouvait pas, vint frapper à la porte de ma cellule. Elle était accompagnée de miss Angélina Porter, qui avait voulu venir faire ses adieux au prisonnier et lui assurer qu'elle remplirait sa commission. Je me hâtai d'ouvrir moi-même, et dans l'ombre elle ne me reconnut pas d'abord. Mais miss Angélina ne m'eut pas plutôt regardé qu'elle s'écria :

« Mistress Crump, vous vous trompez. Ce gentilhomme n'est pas lord Kildare. »

Elle heurta du pied le corps du geôlier, qui poussa un grognement sourd et la fit reculer.

Alors tout se découvrit à la fois, la feinte n'étant plus nécessaire. Mistress Crump délia son mari, lui ôta son bâillon, et tous deux allèrent chercher la garde, Tom Crump paraissant encore plus indigné que sa femme de l'indigne traitement qu'il se plaignait d'avoir subi.

« Coquin ! me disait-il en me montrant le poing, tu seras pendu et ce sera bien fait ! Et j'irai tirer la corde moi-même. En attendant, je vais chercher le coroner et le jury. »

Je le laissai dire, ayant donné ma parole de ne pas révéler sa complicité. Il fit sortir sa femme, et, quand elle fut au bout du corridor, il referma la porte sur miss Angélina Porter et sur moi en criant :

« Et vous, miss Porter, vous êtes sans doute aussi de cette bande ? Mais vous serez pendue, je vous le promets !...

— Mais non ! mais non ! répondait la pauvre jeune miss.

— Qu'est-ce qui aurait jamais cru ça de vous, la fille du révérend Porter, l'une des lumières de la véritable Église ? » poursuivait le geôlier en suivant le corridor.

A la fin nous n'entendîmes plus ses cris, qui s'éteignirent dans l'éloignement, et je me vis seul pendant quelques minutes avec cette jeune et intéressante demoiselle.

C'est alors qu'elle m'expliqua l'objet de sa visite à lord Kildare. Elle ne me cacha pas qu'elle l'aurait épousé volontiers s'il en avait témoigné le désir ; mais, le voyant maintenant près de périr, elle ne pensait plus qu'à adoucir ses derniers moments en lui annonçant qu'elle ferait sa commission auprès de M$^{lle}$ de Montluc.

De mon côté, voyant que miss Porter était une jeune personne digne d'intérêt, je lui demandai des détails sur le séjour de notre ami Kildare à Boston.

Une heure après, le coroner entra, suivi de plusieurs soldats, de Tom Crump et d'une vingtaine de bourgeois et de curieux.

On commença sur-le-champ mon interrogatoire, qui dura longtemps, mais dont je ne donnerai pas les détails. Il suffit de savoir que le coroner, ayant pris l'avis des jurés, déclara que je comparaîtrais devant la cour d'assises du comté trois jours plus tard (vu l'urgence), et que l'arrêt de la cour, quel qu'il fût, serait exécuté dans les vingt-quatre heures.

« Et le misérable sera pendu! ajouta mistress Crump en grinçant des dents. Car le misérable sera cause que mon mari, mon pauvre Tom, va être destitué et que nous allons tous mourir de faim, lui, ses enfants et moi! »

Ma seule consolation fut que miss Angélina Porter, touchée sans doute de mon infortune, obtint la permission de venir me rendre visite, à condition qu'elle ne pourrait me parler qu'à travers un grillage, comme au confessionnal. Cette précaution avait pour but d'empêcher qu'elle ne pût m'apporter des habits ou des armes, quoiqu'on eût d'ailleurs reconnu qu'elle n'avait pris aucune part à l'évasion de lord Kildare.

Sur cette sage décision du coroner et du jury, on me ramena dans ma prison, d'où l'on m'avait tiré pour une heure, et je pus enfin dormir tranquille, autant du moins qu'on peut être tranquille lorsqu'on sait qu'on sera pendu dans trois jours.

Mais d'autres évènements se préparaient à quelque distance de moi.

Dès le lendemain matin, vers quatre heures, je fus éveillé par un bruit lointain pareil au pétillement de la fusillade, auquel se mêlait, toutes les trois ou quatre minutes, le bruit plus grave et plus profond de la canonnade.

Je pensai en moi-même : « Serait-ce déjà Montluc le Rouge? » Et alors l'idée que le coroner pourrait bien manquer son coup, que le jury n'aurait peut-être pas à me juger, ni le shériff à me pendre, me rendit tout joyeux.

Vers midi, pourtant, je fis la remarque qu'on ne m'avait pas donné à déjeuner et que depuis vingt-quatre heures je ne connaissais plus le boire et le manger que de réputation. M'aurait-on oublié? Pour le savoir, je frappai du poing la porte... une fois... deux fois... trente fois... Je finis par battre un roulement, auquel la voix rauque de la bonne M$^{me}$ Crump répondit :

« Misérable ! vas-tu nous laisser la paix ?

— Mais, ma bonne madame Crump... »

Et comme ma politesse ne l'adoucissait pas, je recommençai mon roulement.

Elle me cria à travers la porte :

« Tu seras pendu, brigand ! »

Mon Dieu, vous le savez, j'ai l'âme pacifique et, suivant vos divins préceptes, je n'ai jamais souhaité qu'il arrivât aucun mal à mes ennemis ; mais ce jour-là, en vérité, je crains d'avoir fait des vœux pour que M$^{me}$ Crump devînt muette comme le poisson.

Je criai encore plus fort :

« J'ai faim, ma bonne madame Crump! j'ai faim! j'ai faim! »

Et je pensai malgré moi au triste sort du comte Ugolin de la Gherardesca.

Elle me répliqua :

« Si tu as faim, mange tes poings ! »

Et pendant une heure entière elle me combla de tous les compliments qui peuvent venir à l'esprit d'une dame en fureur.

Enfin une voix douce se fit entendre : c'était celle de miss Angélina Porter qui tenait sa parole et venait m'apporter quelques consolations et aussi quelques provisions qui ne me firent pas moins de plaisir.

Elle apportait un morceau de pain et un morceau de pudding. Certes, sa cuisine ne valait pas celle de ma bonne Marion, mais après un jeûne de vingt-quatre heures on n'est pas difficile, et le présent de cette généreuse et charmante miss Porter valait pour moi tout autant que le souper que l'ange apportait chaque soir dans le désert au prophète Habacuc.

Quant aux nouvelles, les voici.

Une bataille terrible était engagée depuis le matin à deux lieues de Boston entre Montluc le Rouge, les troupes anglaises et la milice. C'est de là que venaient la fusillade et la canonnade que j'avais entendues.

« Qui est vainqueur ? demandai-je.

— C'est nous, je pense, répondit miss Porter, car on n'entend plus rien depuis midi, et nos troupes poursuivent sans doute l'ennemi. »

C'était possible. Le contraire était possible aussi ; cependant, en réfléchissant aux ruses de Montluc le Rouge et des sauvages, qui ne connaissent que la guerre de surprise et d'embuscade, je gardai quelque espérance. Tout à coup une nouvelle canonnade retentit, mais terrible celle-là, furieuse, tout à fait voisine de nous, qui faisait trembler les vitres de toutes les fenêtres et ne ressemblait en rien à la première.

Quatre-vingts ou cent pièces d'artillerie tiraient à la fois...

« Ah! dit miss Angélina en souriant, je vois ce que c'est... Notre grande flotte des Antilles qu'on attendait depuis plusieurs jours vient d'arriver ce matin et donne la chasse, sans doute, aux deux bricks de M. Gandar, le corsaire de Marseille. »

Je commençai à trembler pour notre pauvre ami le Marseillais, qui allait rencontrer un ennemi quarante fois plus fort et mieux armé. Pris entre la ville ennemie et cette flotte formidable, que pouvait-il faire?

Pendant ces tristes réflexions, deux explosions terribles éclatèrent tout à coup, à cinq ou six secondes de distance, le feu de l'artillerie cessa pour un instant et un immense hourrah de fureur et d'épouvante remplit toute la ville. Puis la fusillade se rapprocha de nous, au point qu'on aurait cru que les combattants se fusillaient à bout portant dans les rues. Les cris de frayeur des femmes et des enfants se mêlaient aux bruits du combat.

Enfin, sur ma prière, miss Angélina Porter consentit à sortir de la prison, qui par bonheur, en ce temps de désordre, n'était pas très-régulièrement gouvernée, et revint quelques instants après, toute pâle, pour m'apporter des nouvelles.

« Monsieur le curé, dit-elle, toute la ville est à feu et à sang. Il vient d'arriver une chose terrible. M. Gandar, vous savez bien, M. Gandar... eh bien, il a été enveloppé par la flotte anglaise, et tout d'un coup, comme on allait le prendre, il a forcé l'entrée du port... Mais ce n'est rien, ça, en comparaison de ce qu'a fait M. de Montluc du côté de la terre... On dit... »

Au moment où miss Angélina Porter allait me raconter les exploits de Montluc le Rouge, un officier vint me chercher de la part du gouverneur, sir Robert Carroll. Cet homme puissant était à cheval et fort troublé, au milieu de son état-major, à quelques pas de l'une des trois portes de la ville. Sans autre cérémonie, il me tendit la main et me dit :

« Monsieur le curé, que tout soit oublié entre nous. Vous avez fait évader le traître lord Kildare, ce qui est un crime que nos lois punissent de pendaison ; maintenant, qu'il ne soit plus question de cela. J'ai besoin d'un ambassadeur auprès de votre ami Montluc le Rouge, et vous êtes à coup sûr le meilleur que je puisse choisir. Êtes-vous prêt à partir avec une lettre de moi ? »

Je répondis naturellement que j'étais prêt. Mais avant tout il fallait me dire ce qui s'était passé. Alors sir Robert Carroll me prit à l'écart et me dit :

« Monsieur le curé, voici les faits. Vous avez trop d'esprit pour ne pas deviner que nous sommes battus, et je ne gagnerais rien à vous le cacher, puisque vous allez le voir tout à l'heure... Votre Montluc le Rouge est un diable. Il a détruit presque entièrement, la semaine dernière, le 1er régiment de highlanders commandé par le brave Maccarthy, et, sans leur laisser le temps de respirer, il les a poursuivis l'épée dans les reins jusqu'à deux lieues d'ici, où nous avons de nouveau livré bataille ce matin. Malheureusement, nos troupes régulières anglaises, si braves d'ailleurs et si bien commandées, n'ont aucune idée de cette guerre de sauvages. En pénétrant dans les bois où Montluc le Rouge les attendait depuis la veille, elles se sont trouvées en face d'une sorte de retranchement ou plutôt d'abatis d'arbres derrière lequel étaient postés plusieurs centaines de chasseurs canadiens et sauvages, dont les coups, visés à loisir et avec l'adresse de ces gens qui vivent dans les forêts, ont abattu en quelques minutes les trois quarts des officiers.

» Le pauvre Maccarthy, furieux de son premier échec, s'est fait tuer en marchant au premier rang à l'assaut du retranchement. Les trois quarts des officiers de la colonne d'attaque ont péri. Quatre ou cinq cents soldats sont restés sur la place. Le reste tirait au hasard sur des ennemis invisibles cachés dans les buissons, et quelques-uns perchés sur la cime des arbres, d'où ils faisaient un feu meurtrier.

» Ce qu'on a pu rallier est revenu péniblement sur Boston ou s'est dispersé sur la route, car Montluc le Rouge, voyant le terrible effet du premier choc, a fait un détour pour couper la retraite aux fuyards. Plusieurs centaines, sans compter les blessés, sont restés entre ses mains et, entre nous, j'en suis bien aise, car sans lui je craindrais tout de la férocité des sauvages. Parmi les blessés, qui sont prisonniers, le principal est lord Percy, fils aîné du duc de Northumberland... »

Sir Robert Carroll me donna encore quelques détails, qui se trouvèrent vrais presque tous, car Son Excellence n'avait pas intérêt à mentir.

« Surtout, ajouta-t-il en me remettant un court billet pour Montluc le Rouge, dites-lui bien ce que vous avez vu. Notre armée est battue sur terre, mais il nous reste encore quatre ou cinq mille soldats derrière les remparts de Boston et, de plus, une milice intrépide qui combat pour sa famille et son foyer, sans compter que toutes les colonies de la Nouvelle-Angleterre vont s'armer et nous envoyer des secours en apprenant notre danger... Savez-vous que la Nouvelle-Angleterre seule peut mettre quarante mille hommes sous les armes? Si Montluc le Rouge, emporté par

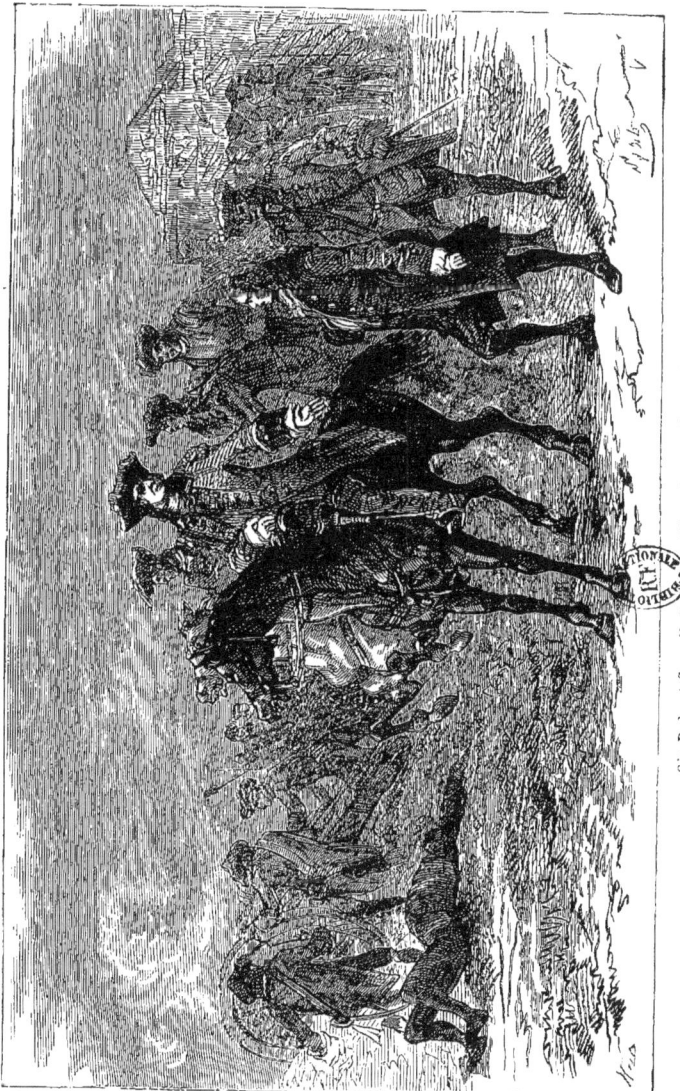

Sir Robert Carroll était au milieu de son état-major.

ses succès et par sa témérité naturelle, ne veut rien entendre, son père, le vieux baron Annibal, le Grand Ours noir, comme l'appellent les Indiens, connaît les retours de la fortune; il sait qu'il ne pourrait pas braver impunément l'Angleterre, surtout quand la France l'abandonne. »

Au travers des discours de sir Robert Carroll, je voyais sa terrible inquiétude.

« Excellence, demandai-je, quelles conditions de paix proposez-vous ? »

Il réfléchit un instant et répondit :

« Nous sommes maîtres de la mer, dit-il après un instant de réflexion. La grande flotte anglaise ferme le port. Montluc n'a pas d'artillerie. Nous avons douze cents canons de marine sous la main, outre six mille marins excellents qu'on peut mettre à terre, et l'artillerie des remparts. Notre garnison, quoique un peu découragée par son échec, est de quatre mille hommes au moins. Nous avons des vivres et de l'argent à discrétion. Si Montluc le Rouge a sous ses drapeaux trois mille sauvages et trois cents Canadiens, c'est le bout du monde. Nous serons donc, dans le cas le plus fâcheux, deux contre un, et, remarquez bien, deux Anglais ! Mais enfin je connais M. de Montluc, et je sais ce qu'il vaut. A lui seul il peut rendre l'affaire indécise. Il est vrai qu'intrépide comme il l'est, et toujours le premier à la bataille, un coup de fusil peut nous en délivrer à jamais. Et alors toute cette coalition de Canadiens Bois-Brûlés et de sauvages s'écroule et tombe en ruine. Chacun rentre dans sa forêt et s'y tient coi comme l'ours ou tapi comme le jaguar. Voici donc, monsieur le curé, ce que je propose. Une trêve de cinq heures, pendant laquelle on discutera les conditions de la paix... Pendant la trêve, une entrevue à cent pas de la porte Fisher, en dehors des remparts. Là, nous conviendrons de tout... Lieutenant Campbell !... » Un officier s'approcha. « Lieutenant Campbell, vous allez suivre M. le curé jusqu'au camp de Montluc le Rouge. Vous me rapporterez sa réponse... Monsieur le curé, vous êtes libre. »

Alors, et sans délibérer, je remontai sur ma mule qu'on venait de harnacher, et je repassai, non sans joie intérieure, le pont-levis de Boston que j'avais craint de ne plus repasser jamais.

Montluc le Rouge n'était qu'à cent pas de la porte Fisher. A la vue du drapeau parlementaire que portait un trompette, il fit cesser le feu, non sans peine, car les sauvages avaient une envie terrible de tout tuer dans Boston. Il me serra dans ses bras, me demanda des nouvelles de sa sœur et de miss Lucy, écouta ce que j'avais à lui dire de la part de sir Robert Carroll et répondit : « Vous, mon cher curé, restez. »

Puis, se tournant vers le lieutenant anglais qui m'accompagnait :

« Vous, monsieur Campbell, retournez dans la ville et dites à Son Excellence que je n'accepte aucune proposition, excepté celle-ci : « Qu'il se rende à discrétion. » Et comme Campbell paraissait indigné : « Je garantis, sur mon honneur et ma foi de Montluc, qu'on ne touchera pas un cheveu de la tête des habitants, hommes ou femmes, aussitôt après la capitulation. Jusque-là, et si je suis forcé de donner l'assaut, je ne réponds de rien. Je suis le frère, l'allié, le commandant des Peaux-Rouges, mais je ne suis pas leur maître, et si, pendant l'assaut, ils veulent venger la mort de leurs amis et de leurs parents, je n'empêcherai rien. Je ne veux pas me brouiller avec mes amis pour faire plaisir à mes ennemis. »

Tous les chefs Peaux-Rouges présents applaudirent à cette réponse, et Pied-de-Cerf ajouta :

« Toi, Montluc le Rouge, nous te suivrons partout, car tu es le plus grand, le plus fort et le plus juste des hommes. Nul autre que toi ne pourrait succéder à ton père le *Grand Ours noir* et aux grands chefs Ériés ses ancêtres. »

A ces mots, Campbell partit et rentra dans Boston. Cinq minutes plus tard, un drapeau noir s'éleva sur le rempart pour indiquer que les propositions de Montluc le Rouge étaient rejetées.

Il se mit à rire et me dit :

« Monsieur le curé, vous n'avez jamais vu de ville prise d'assaut. Regardez! »

Au même instant, sept ou huit coups de canon partirent du rempart. Plusieurs Canadiens et sauvages furent tués ou blessés.

Alors une fusée éclata, bizarre et multicolore, de l'intérieur de la ville, et une fusillade accompagnée de canonnade terrible éclata dans l'intérieur et du côté du port.

« Ah! dit Montluc, c'est Gandar qui tient sa parole. Tout va bien. A nous maintenant! »

Et, saisissant une immense échelle, il la jeta dans le fossé et l'appuya sur le rempart, pendant que deux canons, qu'il avait pris la veille aux Anglais, tiraient à la fois sur la porte, l'enfonçaient, abattaient les chaînes du pont-levis et frayaient un passage à nos soldats, au milieu d'une grêle de balles.

Mais alors, voyant cette issue, il abandonna l'assaut et, à la tête de ses Canadiens, se précipita dans la ville, le pistolet dans une main, l'épée dans l'autre.

J'essayai de le retenir; mais le vieux baron Annibal, qui

commandait la réserve, assis sur une chaise à cause de ses
blessures, me dit d'un air sévère :

« Monsieur le curé, ne vous inquiétez pas ! Il connaît son
métier, et je serais fâché qu'un Montluc arrivât le second
dans une ville prise d'assaut... Vous cependant, si vous
voulez donner l'absolution aux mourants, hâtez-vous ! »

Je me hâtai en effet de pénétrer dans la ville, où déjà nos
Canadiens et les sauvages s'avançaient sous une pluie de feu
qui tombait de toutes les fenêtres.

Quant à Montluc le Rouge, il allait de rue en rue, de maison en maison, suivi de ses hommes, tuant à coups de pistolet, d'épée ou de carabine tout ce qui combattait,
épargnant le reste ; toujours hardi, impassible et, à ce qu'il
semblait, invulnérable, car aucune balle (et des milliers
étaient dirigées sur lui) n'avait pu le toucher ou tout au
moins l'abattre.

Enfin nous arrivâmes sur le port, où un spectacle étrange
nous attendait. Deux carcasses de navires noircies par l'ex-
plosion surnageaient sur la mer. C'étaient les deux bricks
de Gandar le Marseillais. Quant à lui, après avoir fait sauter
ses bricks, il était entré dans la ville avec ses équipages, et,
retiré dans les bâtiments des douanes comme dans une for-
teresse, il attaquait les Anglais par derrière, pendant que
Montluc le Rouge donnait l'assaut à la ville et que la flotte
anglaise et les forts le canonnaient à leur tour.

C'était vraiment un spectacle digne de l'enfer : de tous
les côtés le feu et la mort.

Vers l'ouest, à la tête de la colonne principale, Montluc
le Rouge venait, comme on l'a vu, de traverser la ville
de part en part, l'épée à la main. A l'est, lord Kildare,
profitant d'une brèche ouverte et du désordre général,

Montluc se précipita dans la ville.

ou quarante furent tués ; mais, comme vous savez, on ne fait pas d'omelette sans casser des œufs. Et ma foi, l'omelette en valait la peine. Mes deux bricks coulèrent à fond, mais Montluc le Rouge me les a bien remboursés. Il n'est pas ladre, le gaillard ; il aura toujours des amis !... Alors nous sautâmes à terre. Nous prîmes Carroll et les siens par derrière. Vous savez le reste... A votre santé, monseigneur ! »

Car je suis monseigneur maintenant, étant évêque de Montréal, en Canada.

# TABLE DES MATIÈRES

FIN DE LA TABLE DES MATIÈRES

PARIS. — IMPRIMERIE E. MARTINET, RUE MIGNON, 2

# NOUVELLE COLLECTION

## A L'USAGE DE LA JEUNESSE

### Format in-8 à 5 francs le volume broché

CARTONNÉ EN PERCALINE A BISEAUX, TRANCHES DORÉES, 8 FRANCS.

**ASSOLLANT** (ALFRED) : *Montluc le Rouge.* 1re partie. 1 vol., illustré de 63 gravures dessinées sur bois par SAHIB.
— *Montluc le Rouge.* 2e partie. 1 vol. illustré de 44 gravures dessinées sur bois par SAHIB.

**BAKER** (SIR SAMUEL WHITE) : *L'Enfant du naufrage.* 3e édition. 1 beau vol. in-8 raisin, traduit de l'anglais par Mme FERNAND, et illustré de 44 gravures sur bois.

**CAHUN** (L.) : *Les pilotes d'Ango.* 1 vol. illust. de 60 gravures dessinées sur bois par SAHIB.

**COLOMB** (Mme) : *Le Violoncux de la Sapinière.* 2e édition. 1 vol. in-8 raisin, illustré de 85 grav. dessinées sur bois, par A. MARIE.
— *La fille de Carilès.* 2e édition. 1 vol. in-8 raisin, illustré de 101 gravures sur bois dessinées par A. MARIE.
Ouvrage couronné par l'Académie française.
— *Deux Mères.* 2e édit. 1 vol. in-8 raisin, illust. de 133 grav. dessinées sur bois par A. MARIE.
— *Le Bonheur de Françoise.* 1 vol. in-8 raisin illustré de 112 gravures dessinées sur bois par A. MARIE.
— *Chloris et Jeanneton.* 1 vol., illustré de 105 gravures dessinées sur bois par SAHIB.
— *L'héritière de Vaucla n.* 1 vol. illustré de 101 grav. dessinées sur bois par C. DELORT.

**CORTAMBERT** (R.) : *Voyage pittoresque à travers le monde.* 1 vol. illustré de 81 gravures sur bois.
— *Mœurs et caractères des peuples* (Europe, Afrique). 1 vol. illustré de 60 gravures dessinées sur bois.

**DELAPALME** : *Le Livre de mes petits-enfants.* 1 vol. in-8 jésus pour chacune des pages duquel H. GIACOMELLI a dessiné un riche encadrement.

**DESLYS** (CH.) : *Courage et dévouement,* histoire de trois jeunes filles (la petite Mère, — la Monténégrine, — l'Irlandaise). 1 vol., illustré de 31 gravures dessinées sur bois par F. LIX et GILBERT.

**ERWIN** (Mme EMMA D') : *Heur et Malheur.* 1 vol , illustré de gravures dessinées sur bois par H. CASTELLI.

**FATH** (G.) : *Le Paris des enfants.* 2e édition. 1 vol. in-8 raisin, illustré de 60 vignettes par l'auteur.

**FLEURIOT** (Mlle ZÉNAÏDE) : *M. Nostradamus.* 1 vol. in-8 raisin, illustré de 36 gravures dessinées sur bois par A. MARIE.
— *La Petite Duchesse.* 1 vol. in-8 raisin illust. de 60 grav. dessinées sur bois par A. MARIE.
— *Grandcœur.* 1 vol. illustré de 39 gravures dessinées sur bois par C. DELORT.

**GIRARDIN** (J.) : *Les braves gens.* 3e édition. 1 vol. in-8 raisin illustré de 115 gravures sur bois par E. BAYARD.
Ouvrage couronné par l'Académie française.
— *Nous autres.* 2e édition. 1 vol. in-8 raisin, illustré de 128 gravures sur bois par E. BAYARD.
— *Fausse route* (Souvenirs d'un poltron. — La première faute. — Aveux d'un égoïste), 2e édit. 1 vol. illustré de 65 gravures dessinées sur bois par H. CASTELLI, A. MARIE et SAHIB.

**GIRARDIN** (J.) : *La toute petite.* 1 vol. in-8 raisin, illustré de 128 gravures dessinées sur bois par E. BAYARD.
— *L'oncle Placide.* 1 vol. in-8 raisin, illustré de 139 gravures dessinées sur bois par A. MARIE.
— *Le neveu de l'oncle Placide.* 1re partie. A la recherche de l'Héritier. 1 vol., illustré de 120 gravures dessinées sur bois par A. MARIE.
— *Le Neveu de l'oncle Placide.* 2e partie. A la recherche de l'héritage. 1 vol. illustré de 100 gravures dessinées sur bois par A. MARIE.

**GOURAUD** (Mlle J.) : *Cousine Marie.* 1 vol. illustré de 36 gravures dessinées sur bois par A. MARIE.

**GUMPERT** (Mme TH. DE) : *Le monde des enfants,* contes moraux, traduits de l'allemand par M. MALAURE. 2e édition. 1 vol. in-8 raisin, illustré de 125 vignettes par JUNDT.

**HAYES** (le Dr I.-J.) : *Perdus dans les glaces.* 5e édition. 1 vol. in-8 raisin, traduit de l'anglais par L. RENARD, et illustré de 50 gravures sur bois, par CHÉPON, etc.

**HENTY** (G.-A.) : *Les Jeunes francs-tireurs.* 3e édition. 1 vol. in-8 raisin, traduit de l'anglais par Mme L. ROUSSEAU, et illustré de 20 gravures par JANET-LANGE.

**KINGSTON** (W.-H.-G ) : *Une croisière autour du monde.* 1 vol. in-8 raisin, avec l'autorisation de l'auteur, par J. BELIN DE LAUNAY. 1 vol. in-8 raisin illustré de 44 gravures sur bois.

**ROUSSELET** (L.) : *Le charmeur de serpents.* 1 vol. illustré de 60 gravures dessinées sur bois par A. MARIE.

**SAINTINE** (X.-B.) : *La Nature et ses trois règnes,* causeries et contes d'un bon papa sur l'histoire naturelle. 3e éd. 1 vol. in-8 raisin illust. de 180 vign. par FOULQUIER et FAGUET.
— *La Mythologie du Rhin et les Contes de la Mère-Grand.* 2e édition. 1 vol. in-8 illustré de vignettes par GUSTAVE DORÉ.

**STANLEY** (H.) : *La Terre de servitude.* 1 vol. in-8 raisin, traduit de l'anglais par LEVOISIN et illustré de 21 vignettes par P. PHILIPPOTEAUX.

**TOM BROWN,** scènes de la vie de collège en Angleterre. Ouvrage imité de l'anglais avec l'autorisation de l'auteur, par J. GIRARDIN. 2e édit. 1 v. in-8 raisin, illust. de 69 grav. dessinées sur bois par GODEFROY-DURAND.

**WITT** née GUIZOT (Mme de) : *Une Sœur.* 3e édition. 1 vol. in-8 raisin illustré de 65 gravures dessinées sur bois, par E. BAYARD.
— *Scènes historiques* contenant : Odette la Suivante (1341-1347); l'Enfance de Pascal (1631-1647); Fouquet (1661-1662); Derrière les haies (1793-1794). 2e édit. 1 vol. in-8 raisin, illustré de 18 gravures sur bois, par E. BAYARD.
— *Scènes historiques,* 2e série, contenant : Saint et Roi; Père et Fille; Nolite confidera principibus; Une porte fermée; De Charybde en Scylla; La femme forte. 1 vol. illustré de 28 gravures sur bois par A. MARIE et SAHIB.
— *Légendes et récits pour la jeunesse.* 1 volume in-8 raisin illustré de 18 gravures dessinées sur bois par PHILIPPOTEAUX.

PARIS. — IMPRIMERIE E. MARTINET, RUE MIGNON, 2

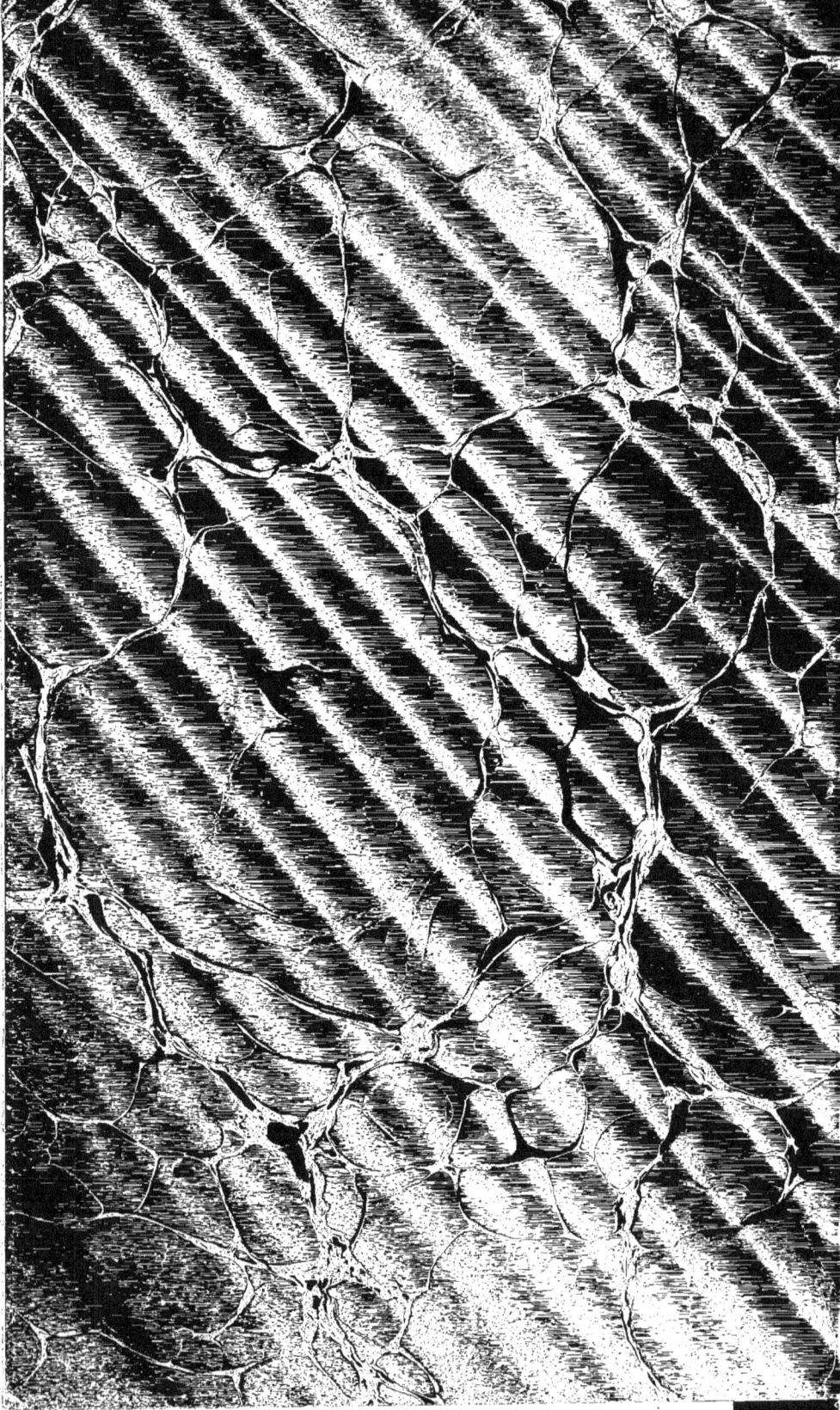

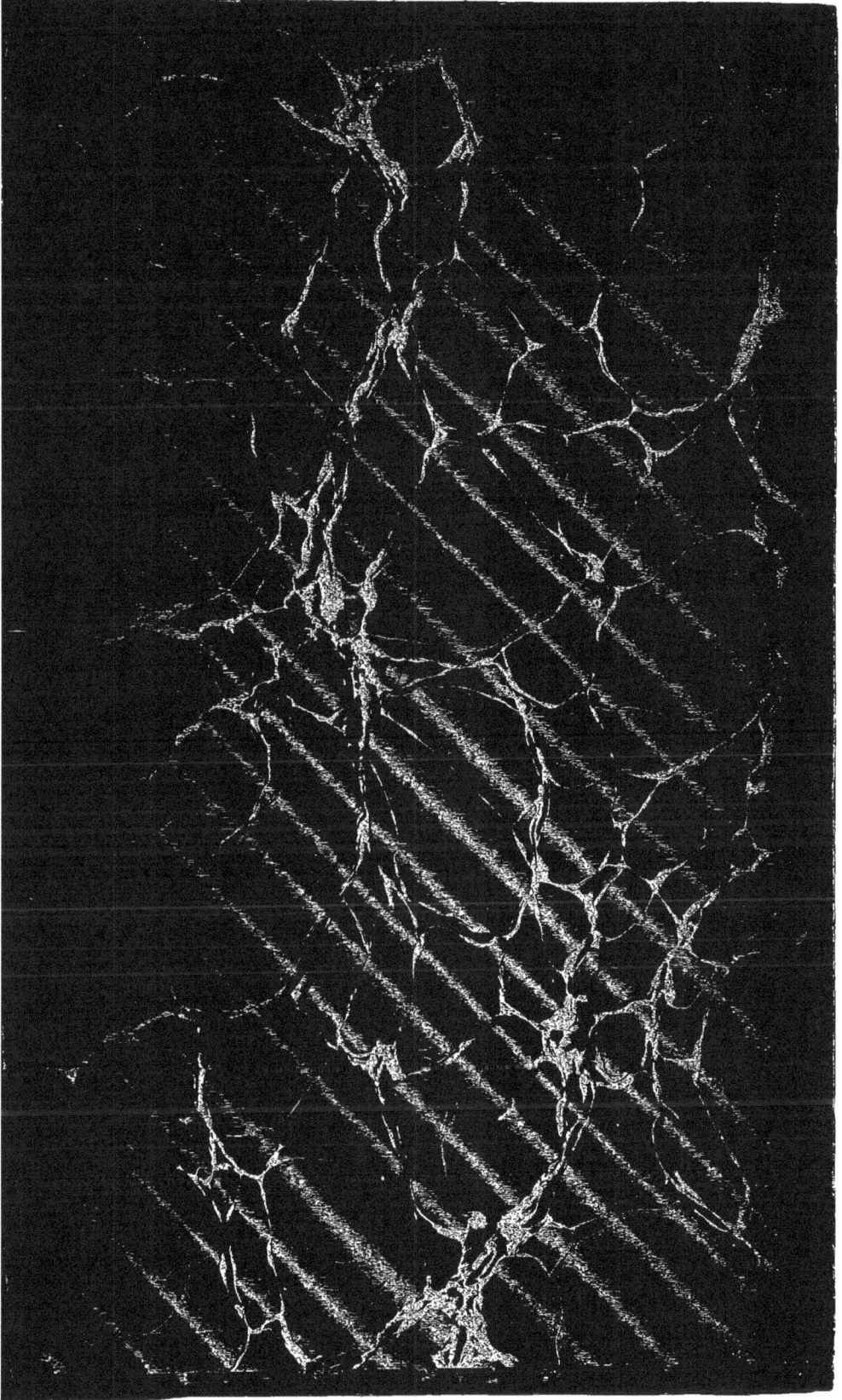

www.ingramcontent.com/pod-product-compliance
Lightning Source LLC
Chambersburg PA
CBHW071801020726
47502CB00004B/967